書下ろし

剣狼

闇の用心棒④

鳥羽 亮

祥伝社文庫

目次

第一章 寸鉄《すんてつ》の彦《ひこ》

1

研《と》ぎ桶《おけ》から水をすくって、砥面《とめん》（砥石面）に垂《た》らした。茶褐色の錆《さび》が水とともに砥面にひろがっていく。その錆を布で拭《ぬぐ》い取り、もう一度たっぷり水を垂らしてから刀身を砥面に水平に当てる。

安田平兵衛《やすだへいべえ》は刀の研ぎ師だった。右足で砥台《とだい》を押さえる踏《ふ》まえ木を踏み、右手で布を巻いた中心《なかご》を握り、刀身に左手を添え力をこめて押し出す。すると、落ちた錆が砥面にひろがり、刀身の地鉄《じがね》があらわれてくる。

島崎善之助《しまざきぜんのすけ》という御家人から預かった刀だった。長い間放置されていたらしく、刀身にかなり錆が浮いていた。

「銘のない刀だが、このまま捨てるのも惜《お》しい。暇《ひま》なときでいいから、研いでみてくれ」

島崎はそう言って、置いていったのである。

平兵衛は、まず伊予《いよ》砥と称する利《き》きのよい砥石を使い、錆を落とすことから始めた。一研ぎごとに、茶褐色の錆が落ち、刀の地肌があらわれてくる。

無銘だが、なかなかの刀だった。地鉄は澄んだ杢目肌《もくめはだ》で刃文は小乱《こみだ》れである。平兵衛の目には、一研ぎごとに生娘《きむすめ》がまとっていた汚れた衣類をすこしずつ脱いで、美しい素肌をあらわしてくるように見えた。

半刻（一時間）ほど研いだとき、長屋の戸口で下駄の音がした。娘のまゆみが帰って来たようである。

すぐに腰高障子があいて、まゆみが顔を出した。手に風呂敷包みをかかえている。まゆみは、お鶴《つる》という寡婦《かふ》のところへ裁縫を習いにいっており、その帰りだった。

「父上、ただいま帰りました」

まゆみが声をつまらせて言った。

平兵衛とまゆみが、本所相生町《ほんじょあいおい》の庄助《しょうすけ》長屋に住むようになって十年ほど経つ。研ぎ師を始める前までは牢人《ろうにん》であった。表向きは剣術道場の代稽古で、口を糊《のり》していたことになっていた。まゆみは十七歳になるが、幼いころから武士の娘として育てたせいか、いまだに武家言葉を遣《つか》う。

「どうした、何かあったのか」

平兵衛が腰を上げながら訊《き》いた。まゆみの顔がこわばっていたからである。

「二ツ目《ふため》橋のそばで、人が斬られていました」

まゆみは顔をこわばらせたまま言った。

二ツ目橋は竪川《たてかわ》にかかっている。まゆみはお鶴の家からの帰りに竪川沿いの道を通るので、目にしたのだろう。

「知り合いか」

「いえ……」

「町人かな」

「それが、お侍のようです」

言いながら、まゆみは上がり框《がまち》から座敷に上がった。

「ほう、武士か」

「集まっていた人が、頭を斬られていると言っていましたよ」

まゆみはかかえてきた風呂敷包みをひらき、縞柄の着物を取り出した。気持ちが落ち着いたらしく、針仕事のつづきを始める気になったようだ。

まゆみは膝の上に着物をひろげて、襟《えり》のあたりを見つめている。縫い目を気にしているらしい。

「様子を見てこよう」

平兵衛は気になった。日中、武士が頭を斬られたという。果たし合いか私闘であろうが、尋常な立ち合いではないはずだ。それに、急ぐような仕事ではなかったのだ。

「父上、待って」

慌てて出て行こうとする平兵衛を、まゆみが呼びとめた。

「なんだな」

「陽が沈む前に、帰ってくださいね。夕餉《ゆうげ》は、父上の好物の鰯《いわし》を焼きますから」

まゆみが戸口の方に顔をむけて言った。

「分かっているわい」

平兵衛は苦笑いを浮かべて戸口から外へ出た。

このごろ、まゆみは女房のような口をきくことがあった。平兵衛が老いたせいもあるが、家を切り盛りしているという自覚があるのだろう。

十年ほど前、平兵衛の女房のおよしが病死してから、平兵衛は男手ひとつでまゆみを育ててきた。その当時はまだ幼く、めしを炊くこともできなかったが、いまは家事いっさいをやるようになっていた。

平兵衛は、まゆみに年寄り扱いされても腹は立たなかった。まゆみの言葉に刺《とげ》がなかったし、心底から平兵衛のことを心配してくれているのが分かったからである。

長屋の木戸門をくぐって、路地をすこし歩くと竪川に突き当たる。川沿いの道を東にむかえば、二ツ目橋はすぐである。

平兵衛は紺の筒袖にかるさん姿で、丸腰だった。すこし背を丸めて歩く姿は頼りなげな老爺《ろうや》に見える。町筋を行き交う人も、平兵衛に特別な目をむける者はいなかった。

——あそこか。

二ツ目橋のたもと近くに人だかりがしていた。通りすがりの職人やぼてふり、それに近所の住人らしい女子供もいた。岡っ引きらしい男の姿も見える。

岡っ引きは駒造《こまぞう》だった。深川を縄張りにしている老練な岡っ引きである。小柄ですこし猫背、狐《きつね》を思わせるような細い目をしている。

平兵衛は人垣の間から覗《のぞ》いてみた。岸辺の柳の樹陰に武士体《てい》の男がひとり横たわっていた。黒羽織に袴姿で、黒鞘の大小が腰から突き出していた。右手に大刀を持ったまま俯《うつぶ》せに倒れている。

周囲の人垣から、ひでえな、頭が割られてるぜ、斬ったのはだれだい、などという声が聞こえてきた。いずれも、こわばった顔をしている。凄惨《せいさん》な死体なのだろう。娘や子供などは、いまにも泣きだしそうな顔をしていた。

平兵衛には、倒れている男の頭部が見えなかった。前に立っている職人ふうの男の頭が視界をさえぎっていたのである。

「すまぬ、どいてくれんか」

平兵衛は前の男を押し退《の》けるようにして、脇から覗いた。

無残な死体だった。倒れている男の頭が柘榴《ざくろ》のように割れ、どす黒い血が地面に飛び散っていた。おそらく顔も斬り裂かれているのだろう。

——一太刀か。

他に刀傷はないようだった。何者かは知らぬが、正面から一撃で斃《たお》したにちがいない。並の遣い手ではないだろう。

いっときその場に佇《たたず》んでいると、集まった野次馬たちの会話からおよその状況が推察できた。武士が斬られたとき、近くに居合わせた男がいるらしい。

彼らの話をまとめるとこうである。

斬られた武士は、ひとりで両国《りようごく》の方から竪川沿いの道を来たらしい。そして、この場にさしかかったとき、二ツ目橋を渡ってきた御家人ふうの男が、突然武士の前に立ちふさがって抜刀した。

武士は、驚愕《きようがく》して後じさりながら刀を抜いた。誰何《すいか》したが、御家人ふうの男は答えず、いきなり正面から斬り付けた。

武士はその一太刀で斃された。御家人ふうの男は納刀すると、両国の方へ足早に去っていったという。

「安田さん」

そのとき、平兵衛は後ろから肩をたたかれた。振り返ると、片桐右京《かたぎりうきょう》が表情のない顔で立っていた。

2

「ちょうど、近くを通りかかりましてね」

右京が抑揚のない声で言った。

右京は羽織袴姿で二刀を帯びていた。御家人か江戸勤番の藩士といった身装《みなり》だが、牢人である。歳は二十代半《なか》ば、白皙《はくせき》で端整な顔立ちをしているが、表情のない顔には憂《うれ》いをふくんだ翳《かげ》がはりついている。

「なんとも、むごい死骸《ほとけ》だな」

言いながら、平兵衛は人垣から出て右京のそばに近付いた。

「下手人は武士でしょうかね」

右京が訊《き》いた。

傷跡を見たときから、下手人は腕のいい武士であることは分かっていた。右京も気付いていながら訊いたのである。

右京は御家人のような格好をしているが、その実、金ずくで人を斬る「殺し人」である。ただ、他人の前では、そのような素振りはおくびにも出さない。

「わしには分からぬが、武士同士の斬り合いだそうだよ」

平兵衛も、もっともらしい顔で応じた。

平兵衛もまた研ぎ師は表の顔で、闇の世界では人斬り平兵衛と恐れられる凄腕《すごうで》の殺し人であった。

「日中から、辻斬りでしょうかね」

右京が涼しい顔で言った。

「さァ、どうかな」

ふたりは、そんなやり取りをしながら人垣から離れた。他人のいないところで、話そうと思ったのである。

「斬った武士は手練《てだれ》のようです」

竪川沿いの道を歩きながら、右京が小声で言った。ふたりだけになって、本音を口にしたのである。

「剛剣の主だな」

「辻斬りでも、立ち合いでもない。となると、同じ稼業の者……」

右京は、下手人を殺し人とみたようだ。

「どうかな」

平兵衛は殺し人の仕業ではないような気がした。殺し人は他人に殺しの現場を目撃されるのを恐れるはずなのだ。

「安田さん、心当たりは？」

右京が平兵衛に顔をむけながら訊いた。平兵衛は長年殺し人として闇の世界で生きてきた。それを知っている右京は、平兵衛ならば知っているだろうと思ったようだ。

「ない。……ただ、頭の刀傷だけでは、分からぬがな」

「もっともです」

「私闘かもしれぬ。いずれにしろ、われらにかかわりはあるまい」

「そうですかね」

右京は首をひねった。

「われらと同じ稼業なら、日中人目のあるところで仕掛けないと思うがな」

「…………」

右京はまだ腑《ふ》に落ちないような顔をしていた。

「どうする？　せっかくだ、長屋に寄っていかぬか」

庄助長屋はすぐ近くだった。それに、まゆみが夕餉の支度をするまでには、まだ間があるだろう。

「それでは、水を一杯いただきますか。すこし、喉《のど》がかわいた」

そう言って、右京は平兵衛の後に跟《つ》いてきた。

長屋の腰高障子をあけると、まゆみは座敷で針仕事を続けていた。戸口に立った平兵衛を目にすると、まゆみは、お帰りなさい、と言って、手にしていた着物を脇に置いて立ち上がった。背後にいる右京には気付かなかったようだ。

「片桐さんをお連れした。通りで出会ったのだ」

平兵衛がそう言うと、まゆみは、ハッとしたような顔をして身を硬くした。

「ど、どうしよう」

まゆみは困惑したような顔をして、戸口に立っている平兵衛の陰に身を隠すように立った。色白の頬に朱が差している。着物をひろげたままで、座敷が散らかっているのを気にしたようだ。

まゆみはときおり長屋に姿を見せる右京を好いていたが、右京にはそれらしい素振りも見せないようにしていた。

土間に入ってきた右京は、

「安田さんに、刀の話をお聞きしようと思いましてね」

そう言って、まゆみに微笑《ほほえ》みかけた。

右京は御家人で刀の蒐集《しゆうしゆう》家ということになっており、ときおり刀の研ぎを頼みに来たり、平兵衛と一緒に刀剣屋に出かけたりする。ただ、それは表向きのことであって、ふたりで殺しの手順を話したり、実際に殺しに出かけたりするための口実であった。

「お茶を、淹《い》れます」

まゆみは慌てて言うと、右京に背をむけるようにして流し場のある土間へ下りた。動揺した自分の顔を右京に気付かれたくなかったのである。

「いえ、茶はけっこうです。水を一杯いただければ」

そう言って、右京は自分で流し場に行き、水甕《みずがめ》の脇にあった柄杓《ひしやく》を手にした。

まゆみは右京と顔を合わせないようにして、土間の脇でちいさくなっている。

右京は勝手に水甕の水を柄杓ですくい、喉を鳴らして飲んだ。

「うまい、喉に染みるようです」

右京は、馳走《ちそう》になりました、と言って柄杓をもどすと、平兵衛の脇に来て上がり框に腰を下ろした。

まゆみは、その場に立ったまま逡巡《しゅんじゅん》していたが、

「そろそろ洗い物をしないと」

と言って流し場に立ち、小桶に水を汲んで棚にあった小皿などを洗い始めた。右京と顔を合わせていることもできず、かといって家から出て行くこともできず、そうするより方法がなかったのであろう。

「安田さん、島《しま》どのから研ぎの依頼がありましたか」

右京が何気なく訊いた。

平兵衛は右京が何を訊いたか、すぐに察知した。島どのは、島蔵《しまぞう》という殺し人の元締めのことである。研ぎの依頼とは、殺しの依頼の意味であろう。平兵衛が殺しにかかるとき、愛刀を研ぐことを知っていてそう言ったのである。

「いや、ありません。研ぐような刀がないんでしょうよ」

島蔵の許に、殺し人のかかわるような依頼がないのであろう。

「そうですか。安田さんに頼むような刀はなかなか手に入らないでしょうからね」

右京はそう言って、流し場にいるまゆみの背に目をむけた。

まゆみはせかせかと小皿を洗っていたが、背中でふたりのやり取りを聞いているようだった。むろん、刀の研ぎの話だと信じ込んでいる。

「手がすいたら、わたしの刀を頼みましょうかね」

右京がまゆみの背から表の障子に視線を移して言った。

「いい刀が手に入りましたかな」

「はい、初代の関《せき》の孫六《まごろく》を」

右京はすずしい顔で言った。

「初代の孫六……」

平兵衛は右京の出任せに次の言葉が出なかった。

関の孫六とは孫六兼元《かねもと》のことで、関物と呼ばれる刀を鍛《きた》えた大勢の刀鍛冶を代表するような名匠である。孫六兼元の名は代々継承されたので何人もいるが、なかでも初代孫六の鍛刀がもっとも評価が高い。

右京のような牢人に、手に入るような刀ではないのだ。おそらく、関の孫六の名だけを聞いていて、それを口にしたにちがいない。

「すこし錆びているが、よろしいでしょうか」

「いいですとも」

どこからか鈍刀を手に入れて、もっともらしい顔をして持ってくるにちがいない。

「そのうちに、また……」

そう言って、右京が腰を上げた。

右京が出て行こうとすると、まゆみが慌てた様子で振り返り、

「か、片桐さま、また、いらしてください」

と、小声で言った。頰《ほお》が赤らみ、視線が揺れていた。恥ずかしさと切なさがいっしょになったような顔をしている。

「また、寄らせてもらいます。孫六を研いでもらう約束をしましたのでね」

右京は、まゆみに微笑して戸口から出ていった。

3

深川吉永町《ふかがわよしながちょう》。吉左衛門《きちざえもん》は仙台堀《せんだいぼり》にかかる要橋《かなめばし》を渡り、その先にある一膳めし屋にむかっていた。店の名は極楽屋《ごくらくや》。四方を掘割や寺の杜《もり》、武家屋敷の板塀などにかこまれた寂《さび》しい地にひっそりと建っている。

極楽屋は平屋造りの奥に長い建物だった。そのとっつきに縄暖簾《なわのれん》が下がり、そこが一膳めし屋になっている。

辺りは淡い暮色につつまれていた。掘割の土手や空地の叢《くさむら》から虫の音が聞こえてきた。掘割の水面を渡ってきた風のなかに木の香と秋の訪れを感じさせる涼気があった。この辺りは木場が多く、材木を積んだ空地や貯木場がいたる所にある。

吉左衛門は縄暖簾の下がっている極楽屋の前まで来て足をとめた。なかから灯《ひ》が洩《も》れ、男たちの濁声《だみごえ》や哄笑《こうしょう》などが聞こえてきた。人影のない寂しい場所だが、けっこう客はいるようである。

吉左衛門は縄暖簾を分けて、店へ足を踏み入れた。行灯《あんどん》の淡いひかりのなかに、男たちの黒い影が穴蔵で蠢《うごめ》いているように見えた。汗臭い温気《うんき》と煮物の臭いがたちこめている。土間に飯台が四つあった。そこで、五、六人の男が、酒を飲んだりめしを食ったりしていた。

吉左衛門が戸口に立つと、男たちの視線がいっせいに集まった。褌《ふんどし》ひとつの半裸の男、薄汚れた半纏《はんてん》を羽織っている男、二の腕から入墨《いれずみ》が覗いている男など、いずれもまっとうな男には見えなかった。無宿人、地まわり、凶状持《きょうじょうもち》、そうした類《たぐい》の男たちであろうか。

吉左衛門は五十がらみ、丸顔で目の細い、柔和《にゅうわ》な顔付きをしていた。上物の絽羽織《ろばおり》に子持縞《こもちじま》の小袖。大店《おおだな》の主人を思わせる身装《みなり》である。荒くれ男たちのたむろする極楽屋とは、異質な雰囲気を身辺にただよわせていた。

「島蔵さんは、おいでかな」

吉左衛門は戸口近くの飯台に腰を下ろし、近くで酒を飲んでいた若い男に声をかけた。おだやかな物言いである。臆《おく》した様子はまったくなかった。

若い男の名は与吉《よきち》。上州から流れてきた博奕打《ばくち》ちだった男である。

与吉は、吉左衛門の落ち着いた態度に、

「だ、だれでえ、おめえは？」

と、気圧《けお》されたように訊いた。

「肝煎屋《きもいりや》吉左衛門といえば、分かるはずです」

吉左衛門は目を細めて言った。

「待ってろ、親分に知らせてくる」

与吉はそう言うと、慌てて板場へむかった。

すぐに板場から、赤ら顔ででっぷり太った男が出てきた。極楽屋のあるじの島蔵である。

島蔵は吉左衛門の顔を見ると驚いたような顔をして、前垂れで濡れた手を拭きながら近寄ってきた。

「おめずらしい、肝煎屋の旦那が足を運んでくるとは」

島蔵は目を剝《む》いて言った。牛のように大きな目である。

「近くを通りかかったものでね」

そう言って、吉左衛門は店にいる男たちに目をやった。内密の話があるので、店の男たちを遠ざけてくれ、と無言で伝えたのである。

「おめえたち、奥の座敷に行きな」

島蔵が声を上げた。

すぐに、男たちは徳利や肴《さかな》の入った小丼《こどんぶり》などを手にして飯台から離れた。土間のつづきに障子を立てた座敷があり、そこでも飲めるようになっていたのだ。男たちから不満の声は洩れなかった。客ではなく、島蔵の手下たちだったのである。

島蔵は極楽屋をいとなむかたわら、口入れ屋も兼ねていた。口入れ屋は、下男下女、中間《ちゅうげん》などの斡旋《あっせん》業だが、島蔵は人の嫌がる危険な普請場《ふしんば》の人足、借金取り、用心棒など、命をまとにするような危ない仕事を主に斡旋していた。

身元のはっきりした者はそうした仕事を敬遠する。そこで、行き場のない無宿人、地まわり、凶状持など、まともな仕事には就けない男たちを集めて仕事を斡旋し、しかも店の奥の長屋のようになっている部屋へ住まわせていたのだ。

近隣のまっとうな男たちは、極楽屋のことを地獄屋と呼んで近寄らなかった。いつも店内に、鬼のような荒くれ男どもがたむろしていたからである。

もうひとつ、島蔵には裏稼業があった。「殺し」である。江戸の闇世界で、島蔵は地獄の閻魔《えんま》と呼ばれる殺し人の元締めだった。地獄は地獄屋のことで、あるじの島蔵が閻魔。島蔵の牛のような大きな目をした赤ら顔が閻魔に似ていたからでもある。

「どういう風の吹きまわしだい」

島蔵が訊いた。

「ちと、厄介《やっかい》な相手でな。おめえさんとふたりだけで、話したかったのよ」

吉左衛門の物言いが急に変わった。凄味《すごみ》のある低い声である。

吉左衛門は柳橋《やなぎばし》で一吉《いちよし》という料理屋をいとなんでいた。ただ、それは表の顔で、肝煎屋とかつなぎ屋と呼ばれる殺しの斡旋人である。

料理屋の主人におさまる前は、盗賊の頭目で江戸の闇世界のことはくわしかった。顔も利く。まれに、吉左衛門の裏稼業のことを知っていて、殺しの話を持ってくる者もいたが、多くは吉左衛門の方から近付いて、殺しの依頼を受けてくるのだ。

吉左衛門は料理屋の客の話や闇の世界の噂《うわさ》などから、殺しを依頼したい者やお上に訴えられない恨みを抱いている者などを嗅《か》ぎ出して近付き、大金を積んでも殺したい気持ちがあるかどうか探り出すのだ。そして、島蔵のような殺し人の元締めにつなぐ。むろん、間に入った吉左衛門は相応のつなぎ料を取る。

「まず、話を聞かせてくれ」

島蔵は飯台に腰を下ろし、吉左衛門に顔をむけた。

「依頼人は千二百石の旗本、富樫兼五郎《とがしけんごろう》さま」

「大物だな」

島蔵は目を剝いた。長年殺しの稼業に身を置いているが、大身の旗本からの依頼は初めてである。吉左衛門が極楽屋まで足を運んできただけのことはあると思った。

「始末して欲しいのは、牢人、清水稲七郎《しみずとうしちろう》。それに、御家人の小関典膳《こせきてんぜん》」

「ふたりか」

「依頼料はひとり五百。都合、千両だ」

「大金だな」

おそらく、吉左衛門はひとり当たり百両ほどのつなぎ料を手にしているだろう。だが、そのことを島蔵は口にしなかった。肝煎屋と元締めとの間で、つなぎ料のことは問わないというのが暗黙の掟《おきて》となっていた。肝煎屋が持ってきた話を元締めが気に入らなければ断わればいいのである。

「わけを聞かせてくれ」

島蔵は依頼を受ける前に、殺しの理由を聞いておきたかった。町方に探索されるのは避けたかったし、相手が幕臣なら徒目付《かちめつけ》や小人目付《こびと》の探索を受ける恐れもあったのだ。

「清水と小関が富樫家を脅《おど》し、二千両を強請《ゆす》ろうとしたようだ」

吉左衛門の話によると、当主の富樫が何か不始末をしでかし、それを種に清水と小関が金を脅し取ろうとしたという。

富樫は二千両という高額だったため、ふたりの要求を突っ撥《ぱ》ねた。ところが、ふたりがならば目付に訴え出ると言い出したため、百両だけ渡してふたりの口をふさごうとした。

「それで用人に百両の金を渡し、柳橋の芝田屋《しばたや》という料理屋で談判させたらしいんだな。ところが、その帰りに用人はバッサリ殺《や》られちまった。その揚げ句、われらを愚弄《ぐろう》したことは許せぬ、とか言って、二千五百両に上積みしたそうだ。……それで、おれのところへ話を持ってきたわけだ」

吉左衛門は、富樫が一吉の馴染《なじ》み客だったことを言い添えた。あるいは、吉左衛門から清水と小関の始末を金で請け負うことを持ち出したのかもしれない。ただ、島蔵にとって、富樫と吉左衛門のかかわりはどうでもいいことだった。

「相生町で斬られたという武士は、富樫家の用人か」

島蔵は、手下たちが話しているのを耳にしていた。

「そうだ」

「うむ……」

斬殺された武士は、一太刀に頭を割られていたと聞いていた。となると、相手は相当の遣い手である。

「お察しのように、清水と小関は腕が立つようだ。それで、千両という高値なのだ」

吉左衛門がもっともらしい顔で言った。

「ところで、清水と小関の塒《ねぐら》は」

島蔵が訊いた。

「分からねえが、清水は浅草諏訪《あさくさすわ》町の芝蔵《しばぞう》の賭場《とば》に出入りしているというから、手先に探らせりゃァすぐに分かるだろうよ」

芝蔵という貸元が諏訪町で賭場をひらいていることは、島蔵も知っていた。

「小関は？」

「十五俵一人扶持の小人目付だが、仕事を放り出し、博奕《ばくち》や女遊びに耽《ふけ》っている悪御家人だそうだよ」

「小人目付な」

お上の箍《たが》もだいぶ緩んでいるようだ。御家人を監察糾弾する役の小人目付が、旗本から金を脅し取ろうというのである。

「小関の屋敷は」

島蔵が声をあらためて訊いた。

「本所石原《いしはら》町だ」

どうやら、吉左衛門は手先を使って清水と小関の身辺を探ったようだ。

「ふたりを殺《や》る期限は」

「切らねえが、長くは待てねえ。富樫さまも、いつまでもごまかしきれめえ」

吉左衛門は声を低くして言った。

「いいだろう。ふたりを始末しよう」

相手は無頼牢人と身を持ちくずした御家人のようだ。町人より危険度は高いが、腕のいい殺し人なら始末できそうである。それに、ちかごろ殺しの依頼がなく、島蔵もふところが寂しくなっていたのだ。

「ありがたい。……それじゃァ、手付けとして百両。後の四百は、明日にでもとどける」

吉左衛門はふところから袱紗《ふくさ》包みを取り出した。百両つつんでありそうだった。

こうした殺しの依頼の場合、前金として半分払うのが相場だったが、吉左衛門も五百両の大金は持って歩けないし、とりあえず百両だけ用意したようだ。

「どうだい、極楽の酒を飲んでくかい」

島蔵はにやりと笑って、袱紗包みをふところにねじこんだ。

「またにしよう。酔って、極楽の蓮池《はすいけ》にでも落ちちゃァいけねえからな」

そう言って、吉左衛門は腰を上げた。

4

平兵衛は気を鎮《しず》め、島崎から預かった刀の切っ先を研いでいた。切っ先は気を集中して研がないと折れることがある。切っ先を折ってしまったら、いかに刀身をうまく研いでも刀の価値を半減させてしまうのだ。

切っ先の研ぎにかかって小半刻（三十分）ほどしたときだった。表の戸口の方で、コトッとちいさな音がした。

平兵衛は研ぎかけの刀を脇に置いて立ち上がり、屏風《びょうぶ》の上から戸口を覗いて見た。

平兵衛の住む長屋は八畳一間である。その八畳の一角を板張りにして屏風でかこってある。そこが平兵衛の仕事場だった。

戸口に人のいる気配はなかった。まゆみも、裁縫を習いに出かけている。首を伸ばして土間を見ると、白いちいさな物が転がっている。だれか、破れ障子の間から投げ込んでいったらしい。

投げ文だった。平兵衛は土間へ下りて投げ文を手にした。紙に小石がつつんである。平兵衛は紙片をひろげてみた。

——十八夜、笹。

とだけ記してあった。

地獄屋からの殺しの依頼である。十八は、四《じ》、五《ご》、九《く》。つまり地獄屋のことである。笹は、島蔵が殺しの依頼のおりによく使う笹屋《ささや》というそば屋のことだった。今夜、殺しの依頼をするので、笹屋に来てくれ、という意味である。

その日、平兵衛はまゆみがもどると、

「今夜、片桐さんと一杯やるので、出かけてくる」

と言って、土間へ下りた。

平兵衛は念のために刀を帯びていた。殺しに遣う愛刀の来国光《らいくにみつ》、一尺九寸である。すこし刀身が短いのは、小太刀の動きを生かすために平兵衛がつめたからである。

「父上、飲み過ぎないでくださいね。もう年寄りなんだから」

　まゆみが心配そうな顔で言った。

「分かった。そう遅くはならぬ。わしのことより、まゆみ、おまえだ。心張り棒を忘れるな。相手を確かめずに、戸をあけるんじゃァないぞ」

　くどいほど念を押してから、平兵衛は戸口から出た。平兵衛も若い娘をひとり残して家をあけるのは、心配だったのである。

　笹屋は小名木川《おなぎ》にかかる万年橋《まんねん》のたもとにある店だった。あるじの名は松吉《まつきち》。島蔵の息のかかった男で、殺しの依頼をするときにこの店の二階の座敷を使うことが多かった。

　平兵衛が笹屋の暖簾をくぐると、すぐに松吉が姿をあらわし、

「島蔵さんたちが、お待ちですよ」

　と、愛想笑いを浮かべながら言った。

　松吉に案内されて二階の座敷に行くと、三人の男が座していた。島蔵、右京、それに彦《ひこ》六《ろく》である。彦六は寸鉄《すんてつ》の彦と呼ばれる殺し人だった。

　寸鉄は特殊な握り武器である。五、六寸の太い鉄の棒の両端が鋭く尖《とが》らせてあり、棒の中心部に指輪がついていた。その指輪を中指にはめて、棒を親指と小指を使ってくるくるとまわすことができる。この寸鉄を掌のなかに隠し持って敵に近付き、棒をまわして握り

なおし、敵を刺すのである。通常、寸鉄は両手に持つが、彦六は右手だけで遣う。

彦六の遣う寸鉄は先が針のように細く尖り、すれちがいざま狙《ねら》った相手の盆《ぼん》の窪《くぼ》や首筋を刺す。ときには、人混みのなかで腹や背中を刺すこともあった。一瞬、刺された相手は何が起こったのか分からず、激痛に悲鳴を上げるだけである。彦六は相手の反撃を受けることもなく、難なくその場から姿を消してしまうのだ。

彦六は元鳶《とび》職人で、二十六歳。小柄で敏捷《びんしょう》だった。丸顔で小鼻が張っている。しゃべるとき口をとがらせ、その顔がひょっとこに似ていることから、仲間うちではひょっとこの彦とかおどけの彦などと呼ぶ者もいた。

「旦那、どうぞ、こちらへ」

島蔵が平兵衛を上座へ手招きした。歳上の平兵衛を立てたらしい。

「いや、脇でいい」

平兵衛は、座布団を右京の方へすこし引いてから腰を下ろした。

平兵衛が座るのを待っていたかのように、松吉があらためて顔を出し、四人に挨拶《あいさつ》した後、小女《こおんな》に酒肴の膳を運ばせた。

「それでは、話を聞こうか」

杯の酒を飲み干した後、平兵衛が切り出した。

「肝煎屋からの話なんで」

島蔵が声をひそめて言った。

座敷で内密の話があることは松吉も知っていて、酒肴の膳を運べば、しばらく小女も二階に上げないようしてくれていたが、殺しの話になると自然と声が低くなるのである。

「依頼人は千二百石の旗本、富樫兼五郎」

島蔵がそう言うと、

「旗本かい」

彦六は驚いたように目を剝いたが、右京と平兵衛は表情を変えなかった。

「始末するのは、牢人の清水稲七郎と御家人の小関典膳」

島蔵は富樫が清水たちを始末したいわけを簡単に話した。

「それで、始末料は」

彦六が身を乗り出すようにして訊いた。

「ひとり四百両、ふたりで八百両だ」

島蔵は元締めとして二百両、ふところに入れるらしい。ただ、そのことを島蔵は口にしなかった。殺し人たちも元締めが、殺し料のなかから何割か手にしていることは知っていたが、それを問うことはなかった。

「でけえ、仕事だ」

彦六が目をひからせて言った。

平兵衛は黙って杯をかたむけていたが、島蔵の話が一段落したのをみて、

「さきほど、相生町で用人を斬ったと言ったな」

と、右京に目をやりながら訊いた。

「へえ、清水か小関か分からねえが、斬ったらしいんで」

島蔵はそう言って、膳の肴に箸《はし》を伸ばした。

「わしと右京は、斬られたその用人を見たよ」

平兵衛は、右京とふたりでその場に行き合わせたことや斬られた用人の傷のことを話し、なかなかの遣い手のようだぞ、と言い添えた。

「清水も小関も、腕は立つとみた方がいいでしょうよ。そのかわり、殺し料は安くねえ」

島蔵が煮魚を箸でつつきながら言った。

「おれはやるぜ」

彦六が意気込んで言った。

「おふたりは、どうしやす」

島蔵が右京と平兵衛に顔をむけた。

「おれもやろう」

右京が抑揚のない声で言った。

「ふたりがやるなら、わしは遠慮しよう」

平兵衛はできることなら殺しに手を染めたくなかったのだ。

「安田の旦那が下りるのは残念だが、仕方がねえ。それじゃァ、彦六と片桐の旦那に前金を」

島蔵は強要しなかった。殺し人の意向を汲んで強制しないのが、島蔵のやり方だった。それに、右京と彦六で始末がつくと思ったのであろう。

島蔵は、ふところから袱紗包みを出して膝先でひらいた。切り餅が四つ包んであった。切り餅ひとつ二十五両、都合百両である。島蔵はその切り餅をふたつ五十両ずつ、右京と彦六の膝先に置き、

「残りの百五十両はいつでも極楽屋に取りにきてくれ、嵩張《かさば》るんでな、持ってきたのはこれだけだ」と言い足した。

前金は殺し料の半金なので、二百両ずつということになる。残りの二百両は、ふたりの始末がついてからである。

「とりあえず、今夜は飲んでくれ」

島蔵は機嫌よく平兵衛にも酒をついだ。

5

「まゆみ、行ってくるぞ」

そう言い置いて、平兵衛は剣袋を手にして長屋の戸口を出た。袋のなかには、島崎から預かった刀が入っている。研ぎ終えたので、本所亀沢《かめざわ》町の島崎邸までとどけるつもりだった。

長屋の路地木戸を出て裏路地へ入ると、背後から走り寄る足音が聞こえた。

孫八《まごはち》である。歳は四十三。表向きは屋根葺《やねふ》き職人ということになっていたが、匕首《あいくち》を巧みに遣う殺し人である。ただ、平兵衛や右京とちがい、繋ぎ役や狙った相手の探索などもしていた。

「ちょうどよかった、旦那のとこへ来たんで」

孫八が目を細めて言った。

「何か用かな」

「元締めが、極楽屋へ来てくれと言ってやした」

どうやら繋ぎ役で来たらしい。

「極楽屋にな」

何の用だろう。笹屋で、殺しの依頼を断わってからまだ三日しか経ってなかった。右京と彦六が失敗したとも思えなかった。

「いつだ？」

「今日にも、と言ってやした」

急ぎの用件らしい。

「分かった。行こう」

まだ、陽は高かった。島崎邸へ刀を置いてから深川吉永町へまわっても、夕餉前には長屋にもどれるはずだ。

「あっしも、行きやすんで」

そう言い残して、孫八は走り去った。

平兵衛は島崎に研いだ刀を渡すと、いそいで吉永町へむかった。極楽屋のなかはひっそりしていた。いつもは、島蔵の手下が酒を飲んだりめしを食ったりしているが、いまは人影はなかった。

「旦那、すまねえ。呼び立てたりしちまって」

板場から島蔵が慌てた様子で出てきた。

「やけに静かだな」

平兵衛は飯台に腰を下ろして、店のなかに目をやった。

「なに、飲むのは旦那との話が終わってからにしろ、と言ってあるんで」

どうやら、男たちは塒《ねぐら》である奥の部屋にいるらしい。

「何の用だ」

平兵衛が訊いた。

「まァ、その前に一杯」

「酒はいい。夕めし前に帰りたいのでな」

「まァ、そう言わねえで。旦那のために用意してありやすから」

そう言うと、島蔵は慌てて板場へひっ込んだ。

島蔵と入れ替わるように、孫八が姿を見せた。

「旦那の方が先でしたかい」

孫八は照れたような笑いを浮かべて、平兵衛の脇に腰を下ろした。

いっときすると、島蔵が盆で猪口《ちょこ》と肴を運んできた。肴は鰈《かれい》の煮付けとたくあんだった。極楽屋の品書には鰈の煮付けはなかったが、平兵衛のために用意したらしい。

猪口の酒を飲み干した後、

「それで、用件は？」

と、平兵衛が切り出した。

「殺しの依頼で」

島蔵がギョロリとした目で平兵衛を見つめて言った。

「旗本の依頼とは別か」

「へい、つなぎは同じ肝煎屋の吉左衛門だが、依頼人は日本橋室町《にほんばしむろまち》の呉服屋、相模屋彦《さがみやひこ》右衛門《えもん》」

相模屋は江戸でも名の知れた呉服屋である。

「殺しの相手は？」

「牢人、長沼半造《ながぬまはんぞう》」

「いきさつは分かるか」

「へい、彦右衛門にはお仙《せん》という十七になる娘がいましてね」

そう前置きして、島蔵が話しだした。

一月《ひとつき》ほど前、お仙は女中をひとり連れ、湯島《ゆしま》天神にお参りにいったという。その帰途、神田川《かんだがわ》沿いの通りまで来たとき、ふいに三人のならず者に取り囲まれ、川端の藪《やぶ》のなかへ連れ込まれそうになった。

そこへ、長沼があらわれ、ならず者たちを追い払った後、

「お女中、女連れでは、またよからぬ者に襲われるかもしれん。おれが、店まで送ってやろう」

そう言って、お仙を相模屋まで送ってくれた。

お仙も父親の彦右衛門も長沼に感謝し、お礼のつもりで三両つつんで長沼に渡そうとした。ところが、長沼が烈火のごとく怒り、

「おれが命を張って助けたのに、これだけか。おれの命は三両なのか」

と言って凄み、三百両の金を要求した。

彦右衛門は理不尽な要求だと思うと同時に、これは長沼がならず者三人と組んで、金を脅し取るため仕組んだ狂言だと気付いた。

だが、狂言だとは言えず、彦右衛門は平謝りに謝ったが、長沼はさらに声を荒らげ、

「三百両出すか、娘をおれに嫁がせるか、どちらかにしろ」

と、無体なことを言い出した。

彦右衛門は仕方なく三十両をつつみ、何とかその場は引き取ってもらった。

ところが、長沼は執拗《しつよう》だった。三日ほどすると、ふたたび相模屋にあらわれ、残りの二

百七十両を出すか娘を嫁にくれるか迫ったという。

　そのときは、長沼に十両渡して引き取ってもらったが、その二日後、お仙が外出しようとすると、突然長沼があらわれて立ちふさがり、

「彦右衛門は、おまえをおれに嫁がせるつもりなのだ」

　そう言って、強引に連れて行こうとした。

　幸い、人通りのある表通りだったので、いっしょにいたふたりの丁稚《でっち》が大声を上げると、長沼は慌てて逃げ去ったという。

　相模屋は三百両を長沼にくれてやってもいいが、渡せばそれに味をしめて、さらに金を要求してくるのではないかと思い、人伝《ひとづて》に聞いていた一吉へ行き、それとなく吉左衛門に相談したそうである。

「そういうわけで、おれんとこへ話がきたわけで」

　島蔵は話し終えると、自分の猪口に手酌でついで喉を潤した。

「いきさつは分かった。それで、殺し両は？」

「百両」

「……受けよう、ただ、孫八とふたりでいいかな」

　右京と彦六が別の殺しを受けているので、平兵衛が断われば孫八ということになるが、

相手が牢人となると、孫八ひとりでは荷が重いかもしれない。それに、平兵衛はこのところ孫八と組んでやることが多かったのだ。

「おれもそのつもりで、孫八に声をかけたんでさァ」

島蔵が目を細めて言った。

「こっちも、そうして貰《もら》えるならありがてえ」

孫八が平兵衛を見て口元をゆるめた。

6

「旦那、やつが長沼ですぜ」

孫八が小声で言った。

見ると、総髪長身の牢人体の男が路地木戸から姿をあらわした。目が細く、鷲鼻で顎《あご》がとがっている。黒鞘の大刀を一本、落とし差しにしていた。荒《すさ》んだ感じのする酷薄そうな牢人である。

——なかなかの遣い手のようだ。

痩身だが厚い胸を持ち、腰がどっしりしていた。懐手をして歩く姿にも隙《すき》がない。かなりの遣い手とみていいようだ。

牢人は表通りへ出ると、足早に日本橋の方へむかっていく。

「どうしやす」

孫八が訊いた。

ふたりは、神田小柳《こやなぎ》町の表通りの路傍にいた。樹陰から長沼の住む徳兵衛《とくべえ》長屋につづく路地木戸に目をむけていたのである。

孫八は島蔵から長沼殺しを依頼された翌日から動いた。まず、長沼の塒をつかむために、相模屋の店の脇に張り込み、それらしい牢人者があらわれると、尾行して徳兵衛長屋に住んでいることをつかんだ。さらに近所で聞き込み、長沼に間違いないことと三年ほど前からそこに住み着いたことなどを耳にしたのである。

「やつは、どこへ行く」

平兵衛が訊いた。

「よく、一膳めし屋に酒を飲みに行くようですぜ」

一膳めし屋は平永《ひらなが》町にあるという。平永町は小柳町の隣町である。

「尾《つ》けてみよう」

ふたりは樹陰から通りへ出た。

前を行く長沼は表通りをしばらく歩いて平永町に入ると、左手の路地へ入っていった。半町ほど歩くと、そば屋と八百屋にはさまれて一膳めし屋があった。腰高障子に、丸徳屋《まるとくや》と記してある。

長沼は常連客らしく慣れた手付きで腰高障子をあけて丸徳屋に入っていった。

「出てくるまで待ちますかい」

路傍に足をとめて孫八が訊いた。

「いや、今日のところはこれまでにしよう」

おそらく、酒を飲むだろう。一刻（二時間）は出てこないとみていい。それに、陽が落ちて辺りは暮色に染まり始めていた。

平兵衛はこのまま相生町の長屋にもどるつもりだった。

「やつは、丸徳屋を贔屓《ひいき》にしているようで」

孫八が平兵衛に跟《つ》いてきながら言った。

「そのようだな」

「やつの長屋から丸徳屋への道筋に寂しい場所がありやした。日暮れ時にでも仕掛けやしょうか」

孫八の言うとおり、途中空地や笹藪などのひろがる人影のない場所があった。人知れず始末するにはいい場所かもしれない。

「その前に、長沼の腕のほどを知りたいが」

殺しの場合、平兵衛はことのほか慎重になった。斬れるという自信が得られぬうちは仕掛けなかった。その慎重さがあったからこそ、この歳になるまで殺しの仕事をつづけてこられたのかもしれない。

「どうしやす」

「明日、与吉と蓑造《みのぞう》を連れてきてもらおうかな」

ふたりとも極楽屋に住み着いている島蔵の手下である。一朱も握らせれば、喜んで手を貸すはずだった。ふたりを選んだのは、敏捷《びんしょう》で逃げ足が速いからである。

「何か用意する物は」

孫八が口元にうす笑いを浮かべて訊いた。これまでも、何度か狙った相手の腕をみるために、喧嘩《けんか》をふっかけて刀を抜かせたことがあったので、孫八も平兵衛が何をやるつもりなのか分かっていたのである。

「匕首でもあればいいだろう」

「それじゃァ、明日」

そう言い残すと、孫八は足早に平兵衛から離れていった。

翌日の暮れ六ツ（午後六時）過ぎ、小柳町の道端に四人の男が集まっていた。平兵衛、孫八、与吉、蓑造である。そこは、昨日平兵衛と孫八が長沼を尾けた道筋で、この辺りで仕掛けようと決めた場所だった。

道の両側は笹藪や雑草におおわれた空地になっていた。人影のない寂しい通りは、薄墨を刷《は》いたような夕闇につつまれている。

「しばらく、ここで待たねばなるまい」

平兵衛が言った。すでに、半刻（一時間）ほど前、長沼が丸徳屋にむかったのを孫八が目にしていた。

「旦那、殺《や》っちまってもいいですかい」

蓑造が目をひからせながら言った。蓑造は喧嘩早い男だった。顎《あご》に刃物の傷痕があった。左官だったが仲間と喧嘩して親方の許を追い出され、極楽屋に住み着いた男である。

「斬り殺されたいならかまわんよ」

「そいつは、御免だ」

蓑造はうす笑いを浮かべながら首をすくめた。

「孫八が後ろから仕掛けてくれ。いいか、三間の間合を取って、なかに入るな。やつが、抜いたら一目散に逃げるんだ。下手に相手しようとすれば、命はないぞ」

平兵衛が声を低くして言うと、与吉と蓑造の顔がこわばった。口元に浮いていた笑いも消えている。

「来たようですぜ」

孫八が後ろを振り返って言った。

細い通りは暮色につつまれて人影は見えなかったが、かすかに足音が聞こえた。

「よし、身を隠せ」

平兵衛の指示で、三人の男が散った。平兵衛もすこし離れた灌木《かんぼく》の陰に身を隠した。

遠方の人影がしだいに近付いてきた。総髪長身で牢人体だった。まちがいなく長沼である。懐手をして、ぶらぶら歩いてくる。

長沼が平兵衛のひそんでいる正面近くまで来たとき、後方から孫八たち三人が小走りに近付いてきた。

長沼はその足音に気付いて振り返ったが、歩調を変えなかった。懐手をしたまま、道のなかほどを歩いてくる。長沼と孫八たちの間がしだいに迫ってきた。

と、長沼が懐から手を出し、だらりと垂らした。微妙に歩調が変わっている。背後からの殺気を感じ取ったらしい。

長沼との間合が五間ほどに迫ったとき、ふいに孫八が走りだした。いつ取り出したのか、匕首を手にしている。

間が三間ほどに迫ったとき、長沼が反転して抜刀した。迅《はや》い動きである。孫八が仕掛ける間もなかった。

孫八は慌てて足をとめて後じさった。後ろから走ってきた与吉と蓑造は、左右に大きくまわり込んで匕首を構えた。ふたりは道から飛び出し、空地の 叢《くさむら》 のなかにいた。興奮して目がつり上がり、腰が引けている。

「おまえら、だれに頼まれた」

長沼が声を上げた。甲走《かんばし》ったひびきがあった。

「頼まれたんじゃァねえ。てめえに恨みがあるのよ」

孫八が言った。ここで、相模屋からの依頼を気付かれたくなかったのだ。

長沼は孫八に対峙《たいじ》し、青眼《せいがん》に構えていた。腰の据わった隙のない構えである。

——できる!

平兵衛は長沼が手練であることを見て取った。

長沼は孫八に切っ先をむけながらも、左右の与吉と蓑造にも目を配っていた。ふたりとの間合も正確に読んでいる。

つ、つ、と長沼が孫八に身を寄せた。

孫八は慌てて後じさった。顔がこわばり腰が浮いている。長沼の威圧に気圧《けお》されているのだ。

「野郎、これでも喰《く》らえ!」

ふいに、孫八が手にした匕首を長沼の顔面にむかって投げ付け、反転した。

長沼が刀身を払った。

キーン、という甲高い金属音がひびき、孫八の匕首が虚空に飛んだ。

次の瞬間、長沼が大きく踏み込んだ。素早い寄り身で孫八に迫ろうとしたが、すでに孫八の姿は五、六間も先にあった。左右にいた与吉と蓑造も、脱兎《だつと》のごとく駆け出し、笹藪の向こうへまわっていた。

長沼は足をとめた。いっとき、遠ざかっていく孫八たちの後ろ姿を見ていたが、

「逃げ足の速いやつらめ」

そう言って、苦笑いを浮かべて納刀した。そして、また懐手をして何事もなかったように歩きだした。

一方、灌木の陰に身を隠していた平兵衛は、長沼の姿が夕闇のなかに消えてから通りへ出てきた。

道端に立っていっとき待つと、孫八たち三人がもどってきた。

孫八は投げた匕首を拾ってきて、懐にしまうと、

「野郎が踏み込んできやがったんで、咄嗟《とっさ》に投げちまった」

孫八は苦笑いを浮かべながら言った。

「お蔭で、長沼の腕のほどが分かったよ」

平兵衛が両国橋の方へ歩きながら言った。孫八たち三人が跟《つ》いてくる。

「それで、旦那、殺《や》れますかい」

孫八が訊いた。

「斬れるかもしれぬ。だが、すぐというわけにはいかんな」

長沼は手練だが、嵌《は》め手《て》や曲技《くせわざ》はないようだった。「虎《とら》の爪《つめ》」を遣えば、斃せそうだ、と平兵衛は踏んだ。

虎の爪は平兵衛が実戦のなかで工夫した一撃必殺の剣である。ただ、いまのままでは仕掛けられない。虎の爪を遣うには、一瞬の鋭い寄り身と、頭上へくる敵の斬撃を恐れぬ豪胆さが必要だった。老いた体をしぼり、実戦時の一瞬の反応と勘をとりもどさねばならない。

「また、妙光寺《みようこうじ》で汗を流すよ」

妙光寺は、本所番場町《ばんばちょう》にある無住の荒れ寺だった。平兵衛はこれまでも殺しを仕掛ける

前に、妙光寺で敵の剣を脳裏に描きながら真剣や木刀を振って、立ち合いの動きや勘をとりもどしていたのだ。

「承知しやした」

孫八が口元をゆるめてうなずいた。孫八も、平兵衛が殺しにかかる前に妙光寺に籠《こも》ることは知っていたのである。

7

仕舞屋の表戸をあけて、牢人体の男が出てきた。六尺ちかい偉丈夫である。眉が濃く、頤《おとがい》が張っていた。豪放そうな面構《つらがま》えで、猛獣のような猛々しさが身辺をつつんでいる。着崩れした茶の小袖に黒袴。小袖の襟元がはだけ、赭黒《あかぐろ》い胸が覗いていた。暮らしは荒《すさ》んでいるようである。

「やつが、清水か」

彦六が小声で言った。

「そのようだな」

右京は、牢人体の男の体軀《たいく》を見て、あの男なら一太刀で相手の頭を割るような剛剣を遣うだろうとみてとった。ただ、清水かどうかは断定できなかった。

右京と彦六は、仕舞屋からすこし離れた笹藪の陰に身をひそめていた。

仕舞屋は芝蔵の賭場だった。妾宅《しょうたく》ふうの家屋で、周囲を板塀がかこっている。裏手は竹林で家の左右は笹藪や雑木の茂った荒れ地になっていた。正面の空地のなかの小径をすこし歩くと裏店のつづく一角があり、その先が表通りになっている。

「もうひとり出て来たぜ」

清水らしき男につづいて中背の武士が出てきた。納戸《なんど》色の小袖に紺地の袴だった。二刀を帯びている。牢人には見えなかった。

「小関かもしれねえ」

彦六が言った。

面長で目が細く、のっぺりした顔をしていた。唇が妙に赤く、うす嗤《わら》いを浮かべているように見える。

仕舞屋から出てきたふたりは、ゆっくりした足取りで表通りの方へむかって歩いていく。

「どうしやす」

彦六が訊いた。

「尾けよう。まず、ふたりが清水と小関かどうか確かめねばなるまい」

仕掛けるのは、それからだ、と右京は思った。

「分かった」

ふたりは、巨軀の牢人と中背の武士をやり過ごしてから小道へ出た。

陽は西にかたむき、裏店の長い影が路地をおおっていた。風のない穏やかな日だった。

夕暮れ前の静寂が辺りをつつんでいる。ときおり、叱《しか》りつけるような女の声や子供の泣き声などが、近くの長屋から聞こえてきた。

「おい、分かれたぞ」

表通りへ出たところで、牢人と武士が左右に分かれた。

「おれは、牢人を尾けよう」

右京が言った。

「なら、あっしはもうひとりを」

右京と彦六も表通りで左右に分かれた。

牢人は表通りから細い路地へ入り、小店や表長屋のごてごてつづく路地をしばらく歩いて大川端《おおかわばた》へ出た。

右京は半町（約五四メートル）ほど間を置いて尾けていく。尾けるといっても、右京は通行人に紛れたり物陰に身を隠したりはしなかった。同じ歩調で歩いていくだけである。それでも、牢人はまったく振り返らなかったので、尾行を気付かれる恐れはなかった。

牢人は川下にむかって歩いていく。左手に大川がひろがっていた。残照を映《うつ》した川面が鴇色《ときいろ》に染まっている。西陽を受けた猪牙舟《ちょき》や屋根船がゆっくりと行き交っていた。対岸の本所の家並が、淡い夕陽のなかにくっきりと浮かび上がったように見えている。雀色時《すずめいろどき》と呼ばれるころである。

牢人は右手の路地へ入っていった。そこは、黒船町《くろふね》だった。家並のむこうに、浅草御蔵《おくら》の甍《いらか》が折り重なるように見えていた。

右京が路地へまがると、ちょうど牢人が路地木戸から入るところだった。長屋につづく路地木戸らしい。

右京は路地木戸の前まで来て足をとめた。木戸のなかには入らず、付近の店で牢人のことを訊いてみようと思った。通りの左右に目をやると、斜向《はす》かいに下駄屋がある。軒先に真新しい駒下駄や庭下駄などが並べてあった。店のなかを覗くと、土間ちかくの板の間で、あるじらしき男が鼻緒をすげている。

「つかぬことを訊くが」

右京は土間に立って、あるじらしき男に声をかけた。

男は右京を目にすると、戸惑うような顔をした。客とは思わなかったのだろう。

「通りで大柄な武士を見かけたが、清水という名ではないかな」

右京は穏やかな声で訊いた。

「さァ、てまえには分かりませんが」

男は赤い鼻緒を手にしたまま言った。

「眉の濃い、牢人ふうの男だ。通りから、斜向かいの木戸に入っていったのだがな」

右京は牢人の風貌を口にした。

「その方なら、清水さまですよ」

声を大きくしてそう言ったが、男の顔には嫌悪するような表情が浮いた。清水のことを嫌っているらしい。

「むかし、剣術の道場でいっしょだったのだが、いつごろから、そこの長屋に住むようになったのだ」

清水のような遣い手なら、道場でかなりの稽古を積んだにちがいないと思い、そう言ったのである。

「一年ほど前ですが」

「そうか。ところで、妻女は息災かな」

見たところ、清水は三十半ばすぎだった。妻子がいてもおかしくない歳である。

「いえ、おひとりですよ」

「ひとりか。妻女とは離縁したのかな」

右京はもっともらしい顔で言った。

それから、右京は清水は何をして暮らしているのか訊いたが、男は首を横に振っただけだった。

「手間を取らせたな」

右京は下駄屋を出た。それだけ聞けば十分だった。まちがいなく清水稲七郎である。独り身であることは、都合がよかった。肉親の恨みを懸念せずに斬れそうである。

翌日の午後、右京はふたたび彦六と顔を合わせた。芝蔵の賭場である諏訪町の仕舞屋ちかくである。

昨日と同じ笹藪の陰に立ち、

「やはり、清水だったよ」

と右京が言い、昨日の様子をかいつまんで話した。

「あっしの方も、まちがいなく小関でしたぜ」

彦六によると、本所石原町まで小関を尾け、近所の住人にそれとなく訊いたという。

小関は妻女と老いた母親との三人家族で、ほとんど家には寄り付かず遊び歩いているようだった。島蔵から聞いたとおりの悪御家人のようである。

「そろそろ仕掛けますかい」

彦六が目をひからせて言った。

「いいだろう」

右京がうなずいた。

だが、その日、清水も小関も賭場に姿を見せなかった。

8

「来やしたぜ」

彦六が声をひそめて言った。

「ふたりいっしょのようだ」

右京が言った。

仕舞屋の戸口から先に姿をあらわしたのは、小関だった。つづいて、巨軀の清水も顔を出した。

仕舞屋ちかくの笹藪の陰に身をひそめて三日目だった。この日、八ツ（午後二時）ごろ清水と小関が賭場に姿を見せた。その後、右京と彦六は交替で見張り、いまは暮れ六ツ（午後六時）を過ぎていた。辺りは濃い夕闇につつまれている。

「ちょうどいい。ふたりいっしょに片付けちまいやしょう」

そう言って、彦六が目をひからせた。

「おれが清水を殺ろう」

右京は、清水の方が腕はいいと見ていた。

「あっしは、小関の首にこいつをぶち込んでやりやす」

彦六は懐から寸鉄を取り出すと、右手の中指に指輪を嵌め、鉄棒をくるくるとまわして見せた。口元にうす嗤いが浮いている。ひょっとこのような剽《ひょう》げた顔だが、妙な凄味がある。

「おれは、後ろから仕掛ける」

清水は小関の二間ほど後ろを歩いていた。右京は、背後から一気に走り寄って斬撃を浴びせようと思ったのだ。

「それじゃァ、あっしは前から」

そう言うと、彦六は笹藪の陰を伝い、表通りの方へ移動した。右京は逆に仕舞屋の方へ動いた。

風があった。夕闇のなかで、空地に群生した笹がザワザワと揺れている。右京と彦六にとっては都合がよかった。足音や笹を分ける音を消してくれたのだ。

小関と清水が、右京のひそんでいる前にさしかかった。辺りは暮色に染まっていたが、西の空に残照があり、ふたりの姿ははっきりと見えた。

そのとき小道の先に、彦六の姿が見えた。弁慶格子の目立つ着物を尻《しり》っ端《ぱし》折《よ》りし、両腕をだらりと垂らして、ぶらぶらと小関たちに近付いてくる。賭場へ来る遊び人のような格好である。両腕を下げているのは、相手に武器を手にしていないことを見せるためであろう。むろん、彦六の右手には寸鉄が隠されている。

そろり、と右京は小道へ出た。

小関と清水は気付かないようだ。右京は抜刀すると、足音を忍ばせて背後の清水に近寄っていった。

しだいに、彦六と小関との間がつまっていく。小関は彦六に目をやっているようだが、警戒している様子はなかった。

彦六と小関の間が二間ほどにつまったと見えたとき、ふいに彦六が飛び付くような勢いで走りだした。寸鉄を握った右手が前に伸びている。

一瞬、小関がのけ反り、脇へ跳んだ。

彦六も大きく背後に跳び、寸鉄を前に突き出すようにして身構えた。出合い頭の一撃に失敗したようだ。

「何者だ！」

叫びざま、小関が抜刀した。

すかさず、右京が疾走した。手にした抜き身が白くひかり、夕闇のなかをすべるように迫っていく。

「後ろにもいるぞ！」

清水が反転して、刀を抜いた。

右京は一気に清水に迫り、構える間をあたえずに斬り込んだ。

が、清水は俊敏な体捌《さば》きで刀身を撥《は》ね上げた。甲高い金属音とともに青火が散り、右京の刀身がはじき飛ばされた。剛剣である。

右京は大きく背後に跳び、体勢をたてなおして青眼《せいがん》に構えた。

「うぬら、ただの鼠《ねずみ》ではないな」

言いざま、清水も青眼に構えた。不敵な嗤いが浮いている。臆した様子は微塵もなかった。

清水は青眼から右足を引いて上段へ構え、切っ先を右京の目線にむけて刀身を水平に倒した。

――上段霞《じようだんがすみ》か！

一刀流上段霞の構えである。

敵の目に、切っ先が点になり刀身が見えなくなる。上段からの威圧と間合を読ませない利がある。

すかさず、右京は切っ先を上げて清水の左目につけた。上段霞に応じようとしたのである。

清水は足裏を擦るようにして間合をせばめてきた。大きな構えである。巨軀とあいまって、上から覆《おお》いかぶさるような威圧があった。

「霞落《かすみおと》し、受けてみるか」

清水が右京を見すえながら言った。

「霞落し……」

右京は初めて耳にする剣だった。おそらく、上段霞から仕掛けてくるのであろう。

右京は清水の威圧に押された。ジリジリと後退する。清水はさらに間合をつめてきた。右京の左足が笹藪の際に迫った。これ以上さがると、笹藪のなかに踏み入り、自由に動けなくなる。右京は足をとめた。

清水はなおも迫ってきた。

清水の左足が斬撃の間境《まざかい》を越えた瞬間、ふいに清水の体が膨れ上がったように見えた。

イヤアッ！

裂帛《れっぱく》の気合とともに清水の頭上で刀身が回転したかのように見えた瞬間、刃唸《うな》りをたてて斬り下ろされた。

気攻めも牽制《けんせい》もなかった。突如、清水は正面から右京の真っ向へ斬り込んできたのである。

巨岩で押しつぶされるような威圧を感じたが、右京には敵の斬撃が見えた。

右京は刀身を上げて、敵の斬撃を受けた。

刹那《せつな》、強い衝撃を感じ、右京は咄嗟に首を右にかしげた。

凄《すさ》まじい剛剣だった。清水は十文字に受けた右京の刀身ごと斬り下ろしたのである。巨軀の上に膂力《りょりょく》がすぐれ、さらに刀身を回転させることで振り下ろす勢いを増したようだ。

右京の左肩先の着物が裂け、肉をえぐられた。咄嗟に右京が首をかしげたため、清水の斬撃がわずかに逸れたのだ。

間髪を入れず、右京は背後の笹藪のなかに飛び込んだ。

――これか！

霞落しである。

右京の脳裏に、竪川沿いで頭を割られて死んでいた男の姿がよぎった。この霞落しに頭を割られたのである。

右京の体を恐怖が貫いた。次は頭を割られる、という恐怖である。

「逃さぬ！」

叫びざま、清水が笹藪のなかに踏み込んできた。

右京は捷《はや》い身ごなしできびすを返し、逃げた。逃げるしか手はなかった。右京は笹藪のなかにつっ込んでいった。まさに、猛犬に追われる小兎である。笹や茨《いばら》が顔や体をひっ掻《か》き、着物を引き裂いた。かまわず、右京は走った。出血や痛みにかまってはいられなかった。

背後から聞こえていた笹藪を分ける音がとまった。清水が追うのをあきらめたようである。それでも、右京は笹藪を分けて進み、さらに草ぼうぼうの荒れ地を横切って人影のない路地裏に出た。

後ろから追ってくる気配はなかった。辺りは夜陰につつまれ、道沿いの裏店から細い灯《ひ》が洩れている。

——助かったようだ。

なんともひどい有様だった。顔や首筋はひっ掻き傷で血まみれ、着物は所々が引き裂かれて肌が覗いている。

右京は千住《せんじゅ》街道を横切ると、人影のない路地や新道をたどって神田にむかった。ともかく、岩本《いわもと》町の長屋へ帰ろうと思ったのである。

神田川沿いの道に突き当たり、新《あたら》シ橋のちかくまで来ると、背後から走り寄る足音が聞こえた。

右京は身を硬くして振り返ったが、夜陰に浮かび上がったのは彦六だった。

「旦那も、為損《しそん》じたようで」

彦六が底びかりのする目で、右京を見ながら言った。肩口から胸にかけて着物が裂けていたが、血の色はなかった。小関の斬撃からは逃れたらしい。

「清水は手練だ」

右京が言った。かすかに声が震えている。気が昂《たかぶ》っているらしい。

「小関も腕が立ちやすぜ」

「迂闊《うかつ》に仕掛けられぬな」

「次は、ふたりでひとりを仕留めやしょう」

彦六は口元にうす嗤いを浮かべた。それほど懲《こ》りてないようである。

新シ橋を渡り、柳原《やなぎわら》通りへ出たところで、

「あっしは塒に帰《けえ》りやす」

彦六はそう言って、両国橋の方へ駆けていった。彦六の住む長屋は、両国広小路《ひろこうじ》ちかくの米沢《よねざわ》町にある。

右京は道端につっ立ったまま夜陰に消えていく彦六の後ろ姿を見送っていた。顔や肩口がひりひりと痛み、体が熱かった。やっと、正常な感覚がもどってきたようである。

第二章　霞落《かすみお》し

1

破れ障子の間から、淡い月光が土間に射し込んでいた。灯《ひ》のない座敷は深い夜陰につつまれている。ときおり、子供の声や男の濁声《だみごえ》などが聞こえたが、長屋は静かだった。

右京は岩本町の長屋にいた。さっきから部屋の隅の柱に背をもたせかけたまま土間に射し込んだひかりに目を落としていた。

清水と斬り合ってから、五日経っていた。顔の傷の痛みは気にならなくなっていたが、肩口には疼痛《とうつう》が残っていた。ただ、深手ではなかったので、放置しても命にかかわるようなことはないはずだった。

右京は月光を見ていたわけではなかった。脳裏に浮かんだ清水の上段霞の構えを見ていたのである。

——霞落しか。

恐ろしい剣だ、と右京は思った。

正面から斬り下ろすだけのけれんのない剣である。だが、かわすことのできない必殺剣なのだ。刀身をひねるように回転して勢いを増した剣は、目にもとまらぬ迅《はや》さと剛剣を生む。真っ向にくると分かっていても受け切れないのだ。

間合に入られたら、背後に跳ぶことはできないだろう。上段から振り下ろす剣の方が、背後に跳ぶより迅いはずなのだ。

清水の上段霞から斬り下ろす剣は、刀身で受けるしかなかった。だが、その剛剣は受けた刀身ごと斬り下ろすほどの威力があるのだ。まさに、霞落しの名にふさわしい必殺剣である。

――次は斬られる。

そう思ったとき、右京の脳裏に頭を割られた己の無残な姿が浮かんだ。悪寒に襲われたような感覚につつまれ、全身に鳥肌が立った。恐怖である。

右京は両腕を胸の上で交差させ、自分の体を抱くように肩口へまわした。己の全身をつつんだ恐怖を、抱きしめて強く実感しようとしたのだ。

右京は殺し人になってからこれまで、ほとんど恐怖や恐れを感じなかった。己の剣に自信があったこともあるが、それより右京の心底にはいつ死んでもかまわないという投げやりな気持ちがあったからである。

右京は四十五石の貧乏御家人の家に生まれた。しかも、冷や飯食いである。それでも、何とか剣で身を立てさせてやりたいという父親の配慮で、右京は子供のころから鏡新明智流《きようしんめいちりゆう》、桃井春蔵《もものいしゆんぞう》の士学館《しがくかん》に通わせてもらった。

剣の天稟《てんぴん》があったのであろう。二十歳を過ぎると、士学館でも俊英と噂されるような遣い手になっていた。

そのころ、右京には雪江《ゆきえ》という相愛の許嫁《いいなずけ》がいた。雪江は八十石の御家人の娘で、兄が士学館に通っていたことから知り合ったのである。

ところが、士学館の同門に滝沢半左衛門《たきざわはんざえもん》という男がいた。滝沢は雪江の器量に横恋慕し、ある日、右京の名を使って雪江を人影のない寂しい寺の境内に呼び出し、強引に体を奪ってしまった。

しかも、滝沢はこのことを右京に話すと言って雪江を脅し、何度も情交を迫ったのだ。雪江は己の不運と滝沢の執拗《しつよう》な脅迫に耐えきれなくなり、大川に身を投げてしまった。

右京がそのことを知ったのは、門弟たちとの酒席だった。酔った滝沢は右京にからみ、雪江とのことを門人たちの前でしゃべったのである。

その夜、右京は酔って帰る滝沢を斬殺し、そのまま家を出た。そして、同門のつてを頼って、岩本町の長兵衛《ちょうべえ》長屋に身を隠したのだ。わずかな金を持っていたが、右京はすぐに暮らしに困り、人の噂に聞いていた極楽屋を訪ね、殺し人になったのである。

右京は、いつ死んでもいいと思っていた。そのため、殺す相手と切っ先を交えてもそれほど恐怖を感じなかったのだ。

右京は両腕で自分の体を抱きしめていた。恐怖におののいている。その顫《ふる》えの底には、死にたくないという生命の叫びがあるのかもしれない。

そのとき、戸口のむこうで足音がした。右京は柱から背を離し、傍らに置いてあった刀に手を伸ばした。

足音は戸口の前にとまり、腰高障子があいた。

「旦那、おりやすかい」

顔を出したのは、彦六だった。

「入れ」

右京は手にした刀を脇に置き、また柱に背をもたせかけた。

彦六は暗い座敷に目をやりながら土間に入ってくると、上がり框に腰を下ろした。

「旦那が五日も姿を見せねえんで、どうしたのかと思いやしてね」

彦六が後ろに首をひねって言った。

「肩の傷が癒《い》えぬうちは、仕掛けられぬからな」

そう言ったが、刀を遣えないような傷ではなかった。その気さえあれば、いつでも仕掛けられるのである。

「それで、どうなんです、傷の具合は？」

彦六が訊いた。その目には、右京の心底を覗くような色があった。

「あと、数日だな」

右京の胸の内の恐怖が消えるかどうかだった。

「待っより、手はねえわけだ」

彦六は表の障子に視線をもどして言った。

「彦六、おまえひとりで仕掛けてもかまわぬぞ。……ふたり殺《や》れば、殺し料はおまえにやる」

いつまでも、このままというわけにはいかなかった。不意をつけば、彦六の寸鉄で斃《たお》せるかもしれない。

「清水と小関は腕が立つ。あっしひとりじゃァ歯が立たねえ。旦那が、その気になるのを待ちやすよ」

そう言うと、彦六は腰を上げて戸口から出ていった。

ひとりになった後もしばらく、右京は柱に背をもたせかけたまま凝《じっ》としていたが、かたわらの刀を手にして立ち上がった。

右京は土間ちかくに立ち、刀を抜いて青眼に構えた。部屋のなかは夜陰につつまれていたが、月明りを映じた刀身が青白く浮き上がったようにひかっていた。座敷のなかは闇と右京の脳裏に浮かんだ清水の姿があるだけである。

清水は上段霞に構えていた。この構えから霞落しにくるのである。

右京は清水に切っ先をむけた。眼前に立った清水の巨軀に押しつぶされるような威圧を感じた。斬り合ったときの恐怖がよみがえり、体が小刻みに顫えだした。

——やはり、清水は斬れぬ。

と、右京は感知した。

このままでは、清水に仕掛けることはできなかった。

2

まゆみは座敷に縫いかけの着物をひろげて、針を使っていた。縫っているのは平兵衛の袷《あわせ》である。まゆみは朝から根をつめて縫っていた。平兵衛が着用している袷はだいぶ傷んでいたので、一日でも早く仕上げて着せてやりたかったのである。

四ツ（午前十時）ごろだった。ときどき外で遊んでいる子供の声が聞こえたが、長屋はひっそりしていた。ぼてふりや出職の職人は働きに出ていたし、女房は朝餉の片付けが済み、座敷で一休みしているか、井戸端で洗濯でもしているかである。

ふと、腰高障子のむこうで足音がした。しだいに近付いてくる。まゆみは針を動かす手をとめて、戸口の方へ目をむけた。平兵衛のものでも、聞き覚えのある長屋の住人の足音でもなかった。

——片桐さまでは！

そう思ったとき、まゆみの胸の動悸が激しくなった。このところ右京は姿を見せず、まゆみは気にしていたのである。

足音は障子のむこうでとまった。

「ごめんなすって、安田さまはおいでですかい」

男の声がした。

右京ではなかった。聞き覚えのない声である。

「どなたですか」

まゆみは、膝の上の着物を脇に置いて立ち上がった。まゆみは急に不安になった。ひごろ、平兵衛から見知らぬ男が訪ねて来ても、迂闊に戸をあけてはならぬと言われていたからである。

「彦六ともうしやす。安田さまに、脇差を研いでもらいてえと思いやして」

まゆみは彦六のことは知らなかった。ただ、その声はやわらかく人当たりのいいひびきがあった。

「父は留守ですけど、お入りください」

まゆみは、話によっては脇差を預かってもいいと思った。それに、平兵衛もそろそろ長屋にもどるころだったのである。

平兵衛は朝餉をすますと、四ツごろにはもどると言って、刀研ぎの師匠である宗順《そうじゅん》の家へ出かけていたのだ。

障子があいた。小柄な男が顔を覗かせた。丸顔で小鼻が張っている。まゆみは、その顔を見て、悪い人ではないと思った。男は手に脇差を持っていた。二十代半ば、まゆみには職人ふうに見えた。

彦六はまゆみの顔を見ると、一瞬驚いたように目を剝いた。まゆみには長屋の娘とはちがう武家ふうの感じがあった。しかも、女らしい優しさを感じさせる色白の美人である。

彦六は、掃《は》き溜《だ》めに鶴《つる》だ、とでも思ったのかもしれない。

「や、安田の旦那は、留守ですかい」

めずらしく彦六は口ごもったが、すぐに平静さをとりもどし、顔におどけた表情を浮かべて、安田の旦那のお嬢さんですかい、と訊いた。

「はい、まゆみともうします」

まゆみは、上がり框の近くで膝を折った。

「そうですかい。いや、あっしは、安田の旦那に世話になってやしてね。よく、お嬢さんの話も聞かせていただいてるんですよ」

彦六は満面に笑みを浮かべ、脇差を手にしたまま、まゆみの座している近くの上がり框に腰を下ろした。

「脇差を研ぐようなお話でしたが」

まゆみは、彦六に訝《いぶか》しそうな目をむけた。妙に馴々《なれなれ》しいと感じたのである。

「へい、こいつで」

彦六は手にした脇差をまゆみの方に差し出した。

まゆみが脇差を手にしたとき、戸口で足音がして腰高障子があいた。

平兵衛だった。彦六を目の前にし、一瞬、平兵衛の顔に緊張がはしった。

「旦那、あっしで」

彦六が慌てた様子で立ち上がった。

「彦六か」

平兵衛の顔から緊張は消えたが、戸惑うような表情が浮いた。

「へい、脇差を研いでもらいてえと思いやして」

彦六は口元に笑いを浮かべたが、平兵衛にむけられた目は笑っていなかった。

「脇差をな」

平兵衛はまゆみの手にしている脇差に目をむけた。研ぎの依頼は口実である。平兵衛から地獄屋に出入りする者に、長屋には来ないでくれ、よんどころない事情で来るときは、研ぎの依頼に来たことにしてくれ、と伝えてあったからだ。

「そうだ、おまえに話がある。ちと、外へ出てくれ」

彦六は平兵衛に何か話があって来たはずである。まゆみに聞かせたくない話であることはまちがいない。

平兵衛は、すぐもどるから、脇差は預かっておけ、とまゆみに言い置いて外へ出た。彦六は黙って跟いてきた。

平兵衛は竪川沿いの通りへ出たところで、

「彦六、何の用だ」

と、訊いた。平兵衛の顔には戸惑いと不満の入り交じったような表情があった。すでに顔見知りの右京と孫八は別だが、殺し人や地獄屋の者には長屋に来て欲しくなかったのである。

「旦那の手を借りたいと思いやしてね」

彦六が声をひそめて言った。殺し人らしい剽悍《ひょうかん》そうな顔になっている。

「手を借りたいとは?」

「清水と小関は、腕が立ちやしてね」

彦六は諏訪町で右京とともに襲ったときの顚末《てんまつ》をかいつまんで話した。

「ならば、ひとりずつ殺《や》ればいいだろう」

平兵衛は、ふたりいっしょに斬る必要はないと思った。

「それが、片桐の旦那が怖《お》じ気《け》付いたんじゃァねえかと」

彦六は苦々しい顔をした。

「まさか、片桐さんにかぎってそんなことはあるまい」

「それが、ここ何日か、長屋から外にも出たがらねえんで」

彦六は、長屋で右京に会ったときの様子を話した。

「うむ……」

右京には何か他の理由があるのではないか、と平兵衛は思った。

「どうです、旦那、手を貸しちゃァもらえませんか。あっしひとりじゃァどうにも荷が重いんで」

「いまは、できぬ」

平兵衛は長沼半造殺しを受けていた。そろそろ仕掛けようと思い、ここ数日、理由をつけて妙光寺へ出かけ、鈍《なま》った腕を鍛えなおしていたのだ。今日もそうだった。宗順の家へ行くとまゆみに言ったのは嘘で、妙光寺に行っていたのである。

平兵衛は歩きながら、孫八とふたりで別の殺しを受けていることを話した。

「しょうがねえ。片桐の旦那の尻をたたいて、あっしらでやるか」

彦六が顔をしかめて言った。

「焦らぬことだな」

平兵衛にはそれしか言いようがなかった。

「あっしは、これで」

彦六がきびすを返して歩き出そうとするのを、待て、と言って、平兵衛がとめた。

「脇差はどうする？」

「研いでくだせえ。錆付いてやすが、あっしがむかし遣ったものなんで」

そう言い残すと、彦六は足早に離れていった。

3

木洩れ日が、乾いた地面に落ちて揺れていた。妙光寺の杜《もり》のなかを渡ってきた風には肌を刺すような冷気がある。荒れた寺だった。本堂は庇《ひさし》が垂れ下がり、階《きざはし》も朽ちて落ちかけていた。人手の入らない杜は杉や樫などが鬱蒼《うっそう》と枝葉を茂らせ、根元まで雑草が繁茂していた。

平兵衛は本堂の前にひとり立っていた。紺の筒袖にかるさん。愛刀の来国光を手にしている。

平兵衛は小半刻（三十分）ほど前から、ここに来て真剣を振っていた。己の体を鍛えなおすとともに、脳裏に描いた長沼半造に虎の爪を試みていたのである。

平兵衛は若いころ金剛《こんごう》流という剣術を修行した。金剛流は富田《とだ》流小太刀の流れをくむ一派で、剣はむろんのこと小太刀から槍、薙刀《なぎなた》まで教えていた。

平兵衛は金剛流の修行を通して、小太刀の寄り身、敵との間積《まづ》もり、敵の武器に応じた刀法などを会得した。

その後、五十石取りの御家人だった父の不始末で家が潰《つぶ》れ、やむなく殺しにも手を染め極楽屋に出入りするようになった。そして、平兵衛は人斬りのための実戦を通して、必殺剣、虎の爪を自得したのだ。

平兵衛は脳裏に描いた長沼と対峙し、来国光の刀身を左肩に担ぐように逆八相に構えた。それが、虎の爪の構えである。

対する長沼は青眼に構えていた。平兵衛は、長沼が孫八に対して構えたときの姿を脳裏に浮かべたのだ。腰の据わった隙のない構えだった。切っ先がピタリと平兵衛の喉元につけられている。

平兵衛は逆八相に構えたまま長沼の正面へ鋭く身を寄せた。

すると、脳裏に描いた長沼が動いた。平兵衛の面《めん》に隙を見たにちがいない。平兵衛の鋭い寄り身に対し、敵は、退くか、面に打ち込んでくるしかないのだ。

突如、平兵衛の体が躍動した。

ヤアッ！

短い気合を発し、平兵衛は長沼の刀身を撥ね上げ、二の太刀を袈裟《けさ》に斬り落とした。

——斬れた！

と、平兵衛は感じた。

平兵衛の斬撃は長沼の右肩に入り、鎖骨と肋骨を截断《せつだん》し、左脇腹に抜けた。脳裏の長沼が血煙を上げて倒れる。

大きくひらいた傷口から截断された骨が覗いていた。その白い骨が猛獣の爪のように見えることから、この剣を虎の爪と称している。

平兵衛は何度か大きく息を吐いた。心ノ臓の鼓動を鎮めるためである。

呼吸が収まると、平兵衛はまた脳裏に長沼を浮かべ、来国光を逆八相に構えて斬り込んだ。何度もつづけるうちに、心ノ臓が喘《あえ》ぎ、手足がワナワナと震えだした。平兵衛の老いた体が、激しい動きの連続に耐えられず悲鳴を上げているのである。

——すこし、休むか。

平兵衛は刀身を下ろし、階のそばの石段に腰を下ろした。

いっとき体を休めていると、山門に人影があらわれた。孫八である。

「旦那、やっぱりここでしたかい」

孫八が平兵衛のそばに駆け寄ってきた。

「どうした、何かあったのか」

平兵衛が訊いた。

「いえ、そろそろ長沼に仕掛ける頃合かと思いやしてね」

孫八は平兵衛の脇に立ったまま言った。

「やってもいいな」

平兵衛には、長沼を斬れる、という自信があった。脳裏に描いた長沼との立ち合いでも、平兵衛の虎の爪が後れをとるようなことはなかったのである。

「それで、長沼の塒《ねぐら》は変わらぬのか」

平兵衛が訊いた。

「へい、やつはいまでも徳兵衛長屋におりやす」

「ならば、今夜にもやるか」

平兵衛は長沼の所在が知れているうちに始末したいと思っていた。

「暮れ六ツ（午後六時）ごろ、和泉《いずみ》橋のたもとで待っていやす」

孫八はきびすを返し、山門の方へ去っていった。和泉橋は神田川にかかる橋で、徳兵衛長屋のある小柳町へ行く途中にある。

それから、平兵衛はしばらく真剣で素振りをしてからいったん相生町の長屋にもどった。

陽が西にまわったころ、平兵衛は、

「しばらく片桐さんに会っていないので、様子をみてこよう」

と、まゆみに言い置いて長屋を出た。

平兵衛は両国橋を渡り柳原通りに出た。道の両側に床店の古着屋が並んでいた。思ったより、人通りはすくなかった。夕暮れ時のせいであろう。店仕舞いを始めた古着屋が多く、行き交う人々も沈む夕陽に急かされるように足早に通り過ぎていく。

和泉橋のたもとに、孫八が立っていた。手に貧乏徳利を提げている。

「旦那、用意しやしたぜ」

孫八は貧乏徳利を平兵衛の前に持ち上げて、ニヤリと笑った。酒である。

平兵衛は人を斬る前に体が顫《ふる》えだす。異様な昂《たかぶ》りと真剣勝負の恐怖からである。その顫えを鎮めるために、平兵衛は酒を飲んだ。どういうわけか、酒を飲むと恐怖心が消え、豪胆さが全身に満ちてくるのだ。孫八はそのことを知っていて、酒を用意したのである。

「すまぬな。ところで、長沼は」

歩きだしながら、平兵衛が訊いた。

「塒におりやす」

孫八はここに来る前に、酒を求めがてら徳兵衛長屋を覗き、長沼がいるのを確認してきたという。

「そうか。で、どこでやるな」

「あっしらが、やつに仕掛けた所はどうです?」

長沼の腕のほどを見るため、孫八や蓑造たちが喧嘩を仕掛けた場所である。

「あそこなら、見咎《みとが》められる恐れもないな」

ただ、長沼が平永町にある丸徳屋に出かけるかどうかだった。

「旦那は、この前と同じ藪の陰で待っててくだせえ。あっしがやつの長屋を見張って、様子を知らせやすよ」

「そうしてくれ」

長沼が姿をあらわさなければ、明日出直してもいいのである。

4

笹藪の周辺は濃い夕闇につつまれていた。すでに、暮れ六ツを過ぎている。西の空に残照があったが、上空は藍色に染まり星の瞬きが見えた。

平兵衛がこの場にひそんで半刻(一時間)ほどになる。まだ、孫八は姿を見せなかった。

——今日はだめか。

と思い、平兵衛があきらめかけたとき、小道の夕闇のなかに黒い人影が見えた。

孫八が走ってくる。

笹藪の陰に駆け込んできた孫八は、

「旦那、長沼が来やすぜ」

と、荒い息を吐きながら言った。

「ひとりか」

「へい、丸徳屋へ行くつもりらしく、この道を来やす」

「よし、やろう」

平兵衛は立ち上がった。

急に胸が高鳴り、体が顫えだした。いつものことである。真剣勝負を前にして異様な興奮と恐怖とで、体が顫えだしたのだ。

「旦那、これを」

孫八が慌てた様子で、叢に置いてあった貧乏徳利を手にした。

「すまぬ」

平兵衛はすぐに栓を抜いた。ごくごくと喉を鳴らして一気に三合ほど飲み、フウッとひとつ大きく息を吐いた。

いっときすると、土気色をしていた平兵衛の顔に朱が差し、体の顫えがとまった。酒気が体に行き渡ったのである。萎《しお》れていた草が水を吸ったように平兵衛の全身に生気が満ち、丸まっていた背が伸びたように見えた。

頼りなげな老爺のような風貌が豹変していた。眼光がするどく、全身に覇気がみなぎっている。剣客らしい凄味のある顔だった。

「だ、旦那、来やした」

孫八が声を殺して言った。

「念のためだ。孫八、やつの後ろへまわってくれ」

「へい」

孫八は笹藪の陰をつたうようにしてその場から離れた。

見ると、濃い夕闇のなかに人影が見えた。長身で総髪、大刀を一本落とし差しにしている。まちがいなく長沼のようである。

平兵衛は貧乏徳利を足元に置くと、ゆっくりとした歩調で笹藪の陰から小道へ出た。

長沼は懐手をしてぶらぶら歩いて来たが、前方に立っている平兵衛に気付くと、足をとめた。

平兵衛はゆっくりと長沼との間をつめていく。

「何者だ！」

叱咤《しった》するような口調で、長沼が誰何《すいか》した。

「地獄の鬼だよ」

平兵衛が低い声で言った。

「鬼だと」

「地獄から来た鬼だ」

「爺《じい》さん、気がふれているのか」

長沼は口元をゆがめるようにして嗤った。平兵衛の姿が、頼りなげな老爺に見えたのだろう。

「ここで死んでもらう」

平兵衛はおよそ三間の間合を取って足をとめ、来国光を抜き放った。

「やる気なのか」

長沼の顔から嗤いが消えた。剣客として多くの人を斬ってきた平兵衛の凄味を感じ取ったのかもしれない。

「だれに頼まれた、相模屋か」

言いざま、長沼は抜刀した。

「わしに頼んだのは、地獄の閻魔だよ」

平兵衛は刀身を左肩に担ぐようにして逆八相に構えた。恐れや怯《おび》えは微塵もなかった。全身に燃えるような気勢が満ち、剣気がみなぎっている。

「爺々《じじ》い、おれが地獄へ送り返してやる」

長沼が青眼に構えた。

切っ先が平兵衛の喉元につけられ、痺《しび》れるような殺気が放射された。腰の据わった構えで、剣尖《けんせん》にはそのまま突いてくるような威圧がある。

だが、平兵衛は臆さなかった。妙光寺で脳裏に描いたのと、同じ構えである。

突如、平兵衛が前に疾《はし》った。迅《はや》い。すこし身を低くしたその姿は、獲物を追って疾走する夜走獣のように見えた。淡い月光を反射《はね》た刀身が、夜陰を裂くように長沼に迫る。

長沼は退《ひ》かなかった。

平兵衛が斬撃の間に踏み込むや否や、長沼が裂帛の気合を発して面へ斬り込んできた。

が、この斬撃を平兵衛は読んでいた。

タアッ！

鋭い気合とともに、逆八相から長沼の刀身を払い上げた。

甲高い金属音がひびき、夜陰に青火が散った。長沼の刀身がはじかれ、同時に体勢もくずれた。

間髪を入れず、平兵衛が袈裟に斬り込む。

骨肉を截断するにぶい音がし、長沼の上体がかしいだ。

凄まじい斬撃である。刀身が長沼の右肩口から左脇腹へ食い込み、上半身が斜めに裂けた。長沼は獣の咆哮《ほうこう》のような短い叫び声を上げたが、そのまま腰からくずれるように倒れた。

一太刀だった。即死である。

大きくひらいた傷口から、截断された鎖骨と肋骨が覗き、夜陰のなかで巨獣の爪のように白く浮き上がって見えた。

平兵衛は倒れた長沼のそばに立ち、ハァ、ハァと荒い息を吐いた。潮の引くように体に満ちていた昂《たかぶ》りが消えていく。

「旦那ァ!」

孫八が駆け寄ってきた。

「始末がついたよ」

平兵衛は刀身に付いた血糊を長沼の袴の裾でぬぐった。

「それにしても、すげえ」

孫八は長沼の傷口に目を落として驚嘆の声を洩らした。

5

「まゆみ、行ってくるぞ」

平兵衛は、戸口まで送りに出たまゆみを振り返って言った。

「片桐さま、ご病気ではないかしら」

まゆみが、心配そうに眉宇《びう》を寄せた。

平兵衛が長沼を斬って三日経っていた。その後も、右京は平兵衛の許に姿を見せなかった。清水と小関を斬ったという話も聞いていない。さすがに平兵衛も心配になり、この日、様子を見に行ってみようと思い立ったのである。

長沼を斬った日、平兵衛はまゆみに右京と会うと言って長屋を出たのだが、右京の住む岩本町に足をむけていなかった。

「父上、片桐さまのご様子は」

長屋にもどった平兵衛は、即座にまゆみにそう聞かれ、

「いや、それがな、片桐さんは留守だったのだよ。心当たりを探したのだが、会えなかっ

と、言葉を濁したのだ。

この三日間、まゆみは口にこそしなかったが、右京のことが心配でならなかったらしい。

「遅くはならぬ。夕餉までには、もどるからな」

そう言い置いて、平兵衛は戸口から出た。

まだ陽は高かった。風のないおだやかな晴天である。平兵衛は足早に岩本町へむかった。

右京は長屋にいた。声をかけて腰高障子をあけると、右京は戸口まで出てきた。無精髭が生え、月代《さかやき》も伸びていた。顔色に生気がなく、すこし痩《や》せたような感じがした。ただ、戸口まで出てきたところを見ると、病気で伏せっていたのではないらしい。

「そこまで来たのでな。寄ってみたのだ」

平兵衛は上がり框に腰を下ろした。

「せっかく来ていただいても、茶も出せませんよ」

右京は抑揚のない声で言うと、平兵衛のそばに来て胡座《あぐら》をかいた。

「茶はいい」

「いい陽気ですね」

それっきり、右京は何も言わなかった。ふたりは、いっとき、戸口に射し込んだ陽に目をやっていた。

沈黙に耐えかねたように、平兵衛が訊いた。

「片桐さん、怪我《けが》は」

「かすり傷ですよ」

「殺しの仕事に、迷っているのではないのか」

平兵衛は、彦六が言っていたように右京が怖じ気付いたとは思わなかったのだ。

「そんなことはありませんよ」

右京は膝先に視線を落としたまま言った。だが、声が沈んでいる。いつもの右京とはちがうようだ。

「迷っているときにやれば、為損じるぞ」

為損じはかまわない。ただ、殺し人の為損じは、己の命を落とすことに直結する。平兵衛は右京が、いつ死んでもいいと思い、殺しの仕事に手を染めたことは知っていた。だが、平兵衛は右京を死なせたくなかった。まだ、若いし剣の筋もいい。それに、何よりまゆみが悲しむであろう。

「分かってますよ」

「手を貸そうか」

平兵衛は長沼が片付いたので、右京に手を貸してもいいと思っていた。

「いえ、わたしと彦六とで受けた仕事です。ふたりでやりますよ」

右京はそう言ったが、言葉に力がなかった。

「そうか」

平兵衛にもそれ以上言えなかった。殺し人にも意地がある。相手が手練だからといって、助太刀を頼むわけにはいかないのだろう。

「そのうちに、斬りますよ」

右京が他人事《ひとごと》のように言った。

「いずれにしろ、斬れると思うまで仕掛けるな。それが、殺し人が長生きする秘訣《ひけつ》だ」

「長生きしたいとは、思いませんがね」

右京は口元に寂しげな笑いを浮かべた。

「まァ、そう言うな。生きていれば、結構おもしろいこともある」

「そうですかね」

「おぬしは、まだわしの半分も生きておらんではないか。それに、おぬしは、ひとりではない」

平兵衛は、まゆみの名が口から出かかったが、思いとどまった。いまでも、右京の心に、身投げした雪江という娘のことが重くのしかかっていることを知っていたからである。

右京は黙っていた。鬱屈《うっくつ》した顔で、視線を落としている。

「気が向いたら、わしのところにも来てくれ」

そう言って、平兵衛は腰を上げた。

空はまだ明るかったが、陽は家並のむこうに沈んでいた。軒下や樹陰に淡い夕闇が忍び寄っている。

平兵衛は、小体な店や表長屋のつづく岩本町の町筋を歩きながら、右京のことを思った。殺しの仕事を躊躇《ちゅうちょ》しているのは、まちがいなかった。病気や怪我ではない。覇気が感じられなかった。いままでの右京とはちがう。

――迷いか、恐怖か。

右京の心の内に、いままでにない何かが生じたにちがいない。

平兵衛には、それが何か分からなかった。ただ、はっきり分かっていることは、いまのような状態で殺しにかかれば、右京が始末されるということである。

庄助長屋にもどると、腰高障子がすこしあいているのが見えた。なかから話し声が聞こえた。まゆみと話している男の声が聞こえる。

なぜか、平兵衛の胸が高鳴った。小走りに近寄り、障子をあけた。

「やっと、旦那のお帰りだ」

声を上げて立ち上がったのは、彦六だった。

「また、彦六か」

平兵衛は顔をしかめた。何の用か知らぬが、若い娘ひとりの部屋に馴々しい顔で来てもらいたくなかったのだ。

「そろそろ、脇差が研げたんじゃァねえかと思いやしてね。それに、夕めし前には、旦那が帰ると聞いたもんで……」

彦六は首をすくめながら愛想笑いを浮かべた。平兵衛の心配など、まったく気にしてないようである。

「まだ、研いではおらん」

平兵衛は憮然《ぶぜん》とした顔で言った。

「それじゃァまた出直しましょうかね」

そう言って、彦六が戸口から出ようとすると、

「表まで送っていこう」

と言って、平兵衛も外に出た。彦六に釘を刺しておきたいことがあったのだ。

路地木戸を出たところで、平兵衛が、

「彦六、おまえに言っておきたいことがある」

と、顔をけわしくして切り出した。

「あっしも、旦那に頼みたいことがありやしてね」

彦六の顔から笑みが消え、殺し人らしい剽悍な顔に変わっていた。

「ならば、おまえから先に言え」

暮色に染まった町筋を歩きながら、平兵衛が言った。

「分かりやした。……孫八さんから聞きやしたが、長沼を仕留めたそうで」

彦六が声をひそめて言った。

「うむ……」

「それで、旦那も手があいたんじゃァねえかと思いやしてね」

「手を貸せということか」

その話は一度断わっていた。

「へい、片桐さんが当てにならねえもんでね。臆病風に吹かれたらしく、滅多に長屋からも出てこねえ。元締めに話しやすすと、旦那さえよけりゃァ、ふたりでやればいいと言われやしたんで」

そう言って、彦六は上目遣いに平兵衛を見た。

「駄目だな。わしにその気はない」

それに、右京も殺しから手を引いたわけではなかった。気が乗らないらしいが、受けた仕事は果たす気でいるのだ。

「旦那、そう言わねえで。……殺し料は八百ですぜ。片桐の旦那も、あっしらふたりでやれば、受け取った金は返《けえ》すはずだ」

「金はともかく、片桐さんはやる気でいる」

平兵衛は、右京がこのまま殺しの仕事から手を引くとは思えなかった。

「そうですかね」

彦六が不満そうに言った。

「いずれにしろ、もうすこし待て。片桐さんから手を引きたいと言ってくれば、そのとき考えよう」

「…………」

彦六は口をつぐんだ。いっとき、口をへの字に引き結んで不興顔をしていたが、何か思

いついたように、

「それで、旦那の話は」

と、平兵衛に顔をむけて訊いた。

「わしと娘のことだ。おまえも分かってると思うが、娘も長屋の者も、わしが殺し人であることは知らぬ」

「あっしだって、長屋の者に気付かれちゃァいませんぜ」

彦六は当然だという顔をした。

「だが、いつ気付かれるか分からん。用があれば、わしの方から極楽屋に出向く。……わしとしては、あまり長屋に顔を出して欲しくないのだ」

平兵衛は言いにくかったが、敢えてはっきりと言った。

「分かりやした。気を付けやしょう」

彦六は二つ返事で言った。気にした様子もない。顔には笑みも浮いていた。平兵衛の懸念を、まともに受け取らなかったのかもしれない。

いっとき、ふたりは口をつぐんで歩いていたが、彦六が、

「あっしはこれで」

と言い残し、足早に平兵衛から離れていった。

平兵衛は立ち止まり、夜陰のなかに消えていく彦六の背を見送っていたが、まだ彦六の脇差を預かっていることに気付いて渋い顔をした。

——あやつ、また脇差を取りに長屋に顔を出すのではあるまいか。

と、思ったのである。

6

「旦那、気をつけてくだせえ」

島蔵がギョロリとした目で、平兵衛を睨《にら》みながら言った。

この日、平兵衛は彦六から預かった脇差を研ぎ上げ、島蔵から彦六に渡してもらおうと思って持参したのだ。脇差を口実にして、彦六に長屋に来て欲しくなかったのである。

島蔵はこころよく脇差を預かった後、

「旦那のことを探っているやつがいるようですぜ」

と、顔をけわしくして言った。

島蔵によると、三十がらみの武士が極楽屋に出入りしている連中に、腕の立つ年寄りが極楽屋に出入りしてないか訊いたという。

「だれが、わしのことを？」

　平兵衛が訊いた。

「孫八が探ってみると言ってやしたが、まだ分からねえ。旦那が始末した長沼とかかわりがあるのはまちげえねえんだが……」

　島蔵の顔には腑に落ちないような表情があった。

「どうして、長沼とかかわりがあると分かったのだ」

「そいつが、平永町で殺された男と縁のある者だと口にしたそうでしてね」

「うむ……」

　町方ではないようだ。それに、長沼との関係を隠す気もないようである。

「長沼が殺された平永町界隈《かいわい》で訊きまわり、旦那を見かけた者から耳にしたのかもしれねえ」

「なぜ、わしとこの店のかかわりが分かったのだ」

　年格好や風貌を聞いたとしても、町の者に極楽屋との関係は分からないはずである。

「あっしが腑に落ちねえのは、そのことなんで……。あるいは、地獄屋が殺しにかかわっているることを知っているやつかもしれねえ」

　島蔵が底びかりのする目で、虚空を睨みながら言った。

「そうなると、厄介《やっかい》だな」

多少なりとも闇の世界のことを知っている者なら、すぐに平兵衛が長沼を斬ったことをつきとめるだろう。その男が長沼の敵《かたき》でも討つ気でいるなら、なおのこと厄介である。

「ともかく、用心してくだせえ。そのうち、孫八が、そいつの正体をつかんでくると思いやすがね」

「気を付けよう」

平兵衛は立ち上がった。

「旦那、せっかくだ。一杯やってったらどうです」

島蔵が慌てた様子で言った。

「いや、また来よう」

店内に夕闇が忍んできていた。平兵衛は暗くなる前に長屋にもどりたかったのである。

平兵衛は極楽屋から出ると、掘割にかかる橋を渡り、仙台堀沿いの道を大川へむかって歩いた。

淡い夕闇のなかに、貯木場や材木を積んだ空地などが茫漠《ぼうばく》とひろがっていた。風のない静かな夕暮れ時である。どこかで手斧《ちような》でも使っているのか、材木をたたく甲高い音がひびいていた。

吉永町から東平野町《ひがしひらのちょう》へ入ったとき、平兵衛は背後を歩いている武士に気付いた。羽織袴姿で深編み笠をかぶっていた。二刀を帯びている。

しばらく歩いて、それとなく振り返ると、武士はまだついてくる。

——わしを尾けているようだ。

と、平兵衛は思った。島蔵が話していた男ではないだろうか。

背後の武士との間は、半町ほどあった。武士はしだいに平兵衛との間をつめて来るようだった。

平兵衛の胸が高鳴った。

——震えておる。

右手を見ると、小刻みに震えていた。体が背後の武士の殺気を感知して反応しているのである。

平兵衛はいつもの筒袖にかるさん姿だった。念のために脇差を帯びてきていた。来国光ではないが、刀身の長さはほぼ同じである。襲われても応戦できるはずだ。

平兵衛は視線を背後にやって、武士の様子をうかがった。

中背で痩身だった。敏捷《びんしょう》そうである。胸が厚く、腰はどっしりしている。武芸で鍛《きた》えた体であることは遠くからも見てとれた。

――遣い手とみていい。

平兵衛は、胸の内でつぶやいた。

おそらく、武士は長沼の斬殺死体を見ているだろう。その斬り口から、平兵衛の腕のほどを看破したはずである。その上で、単身平兵衛に立ち合いを挑もうとしているのではあるまいか。

どうしたものか、平兵衛は迷った。体が激しく顫えている。その顫えを鎮め、恐怖を払拭してくれる酒がなかった。それに手練だとは分かるが、相手の腕も十分把握していないし、相手がどのような刀法を遣うのかも分からなかった。

――逃げよう。

と、平兵衛は思った。ここで立ち合うのは、危険が大き過ぎるのだ。

幸い、この辺りの道筋に明るかった。路地も入り組んでいる。追ってきても、逃げられるだろうと平兵衛は踏んだ。殺し人が生き延びるためには、逃げることも大事なのである。

仙台堀にかかる海辺橋《うみべ》のたもとまで来たとき、ふいに平兵衛は右手の路地へ入り、走りだした。

平兵衛はすこし走ると、左手の狭い裏路地に走り込んだ。背後で、走って来る足音が聞こえた。やはり、武士は追ってくる。

すぐに、胸が苦しくなり足がもつれた。駆け足は老体に酷である。それでも、平兵衛はハァ、ハァと荒い息を吐きながら走った。心ノ臓がふいごのように喘いでいる。平兵衛はよろめきながら、さらに細い路地へまがった。

路地木戸の前で立ち話をしていた長屋の女房らしき女がふたり、喘ぎながら走ってくる平兵衛に驚いたような顔で目をむけていた。

なおも、平兵衛は走った。やっと、背後からの足音が聞こえなくなった。平兵衛は足をとめ、通り沿いの板塀に手をかけて体を支え、しばらく息の静まるのを待った。

——わしも、歳だ。無理はできぬ。

平兵衛は喘ぎながら胸の内でつぶやいた。

7

燭台の灯が、座敷にいる四人の男の姿を浮かび上がらせていた。平兵衛、島蔵、彦六、孫八である。四人の顔には、困惑の色があった。

「飲みながら、話そうじゃァねえか」

そう言って、島蔵が銚子を取り、平兵衛の猪口に酒をついだ。四人がいるのは、笹屋の二階の座敷である。

平兵衛は長屋に届けられた島蔵からの結び文を見て、ここに来ていた。彦六と孫八も同じように呼び出されたようだ。島蔵が言うには、右京にも知らせたが、どういうわけか今夜は姿を見せないという。

「殺し料は、百両だそうだ」

島蔵が手酌で自分の猪口につぎながら言った。

「でけえ、仕事だぜ」

彦六が口をとがらせ、剽げた顔で言った。

「それに、相手も分かっている」

柳橋の料理茶屋、船田《ふなだ》屋の主人、鶴蔵《つるぞう》からの依頼だという。船田屋に来た岡崎助九郎《おかざきすけくろう》という牢人が料理に虫が入っていたと因縁をつけ、三百両出せ、出さなければ、包丁人を斬る、と脅したそうである。

仕方なく鶴蔵は十両だけ渡し、その場を引き取ってもらった。ところが、岡崎は翌日も来て、残りの二百九十両を出せと言って凄んだ。

さすがに、鶴蔵は腹をたて下働きの者や包丁人などの男衆を集めて、岡崎に帰るよう迫った。岡崎は店のなかで刀を振りまわす気はなかったと見えて、そのまま帰ったという。ところが、その夜、包丁人のひとりが店を出たところで、何者かに斬り殺された。町方は探索したらしいが、下手人は分からない。

それから三日後、鶴蔵が両国橋を渡っていると、岡崎が行く手に立ちふさがり、三百両を出さないからこういうことになった。手間がかかったので、二百両上積みして五百両出してもらう、と言い出した。

鶴蔵は青くなった。五百両の金は簡単に用意できないし、よしんば五百両を渡したとしても、岡崎はさらに何か因縁をつけて金を要求するのではないかと思ったのだ。

「その話を聞いた肝煎屋の吉左衛門が、鶴蔵に岡崎を始末するよう持ちかけ、吉左衛門からおれのとこに話があったわけだよ」

島蔵が低い声で言った。

「似てるな、長沼のときと」

平兵衛が言った。武家が商家を強請《ゆす》る手口がそっくりな上に、当初の要求が三百両というのも同じである。

「それだけじゃァねえ。おれは、旗本の富樫家を強請ってるのも、同じ手のような気がしてるんだ」

島蔵の底びかりする目が、三人の男をジロリと睨んだ。
「うむ……」
となると、相手は集団である。しかも武士の手練ばかり四人だ。
牢人、清水稲七郎
御家人、小関典膳
平兵衛が斬殺した牢人、長沼半造
牢人、岡崎助九郎
そのとき、平兵衛の脳裏にもうひとり浮かんだ。極楽屋からの帰りに、尾けてきた深編み笠の武士である。牢人体ではなかったので、岡崎助九郎ではない。清水と小関でもないような気がした。
「相手は五人かもしれんぞ。ただ、長沼は斬ったので、いまは四人だが」
平兵衛は極楽屋からの帰りに、深編み笠の武士に尾けられたことを話した。
「そいつら、地獄屋のことを気付いたようなのだ。それで、安田の旦那の跡も尾けたのだろうよ」
そう言って、島蔵が目をひからせた。
「うかうかしてたら、こっちが殺られるってわけですかい」

彦六が苦々しい顔で言った。

「そういうことだな。……このことをみんなに話しておこうと思って、集まってもらったんだ」

島蔵は手にした猪口をおもむろに口に運んだ。

いっとき、四人は黙り込んだまま酒をかたむけていたが、

「それで、安田の旦那、岡崎の殺しを受けてくれますかい」

島蔵が平兵衛に目をむけて訊いた。

「うむ……」

島蔵は殺し人の元締めだけのことはある、と平兵衛は思った。腕の立つ四人の男が地獄屋の者を狙っているのを承知していながら、さらに岡崎の殺しを受けてくれと言うのだ。豪胆といえばいいのか、金に執着しているといえばいいのか。転んでもただでは起きない男のようだ。

「旦那、四人がおれたちの命を狙っているなら、同じことですぜ。どうせなら、こっちから岡崎を斬っちまいやしょう」

さらに、島蔵が言った。

「もっともだが、岡崎を殺る前に、四人の男の正体が知りたい」

平兵衛は、無頼牢人や悪御家人が徒党を組んだだけだとは思えなかった。首謀者がいるような気がしたし、いずれも剣の達者であることも気になった。平兵衛は、一味には何か目的があって、旗本や商家から金を強請っているように思えたのである。

「おれも、どんな一味なのか知りてえ。極楽屋で、ごろごろしてるやつらを使って探らせますぜ」

島蔵が言った。

そのとき、島蔵と平兵衛のやり取りを聞いていた彦六が、

「元締め、あっしはどうしやす?」

と、身を乗り出すようにして訊いた。

「おめえは、清水と小関の殺しにかかってるんじゃァねえのか」

「それが、片桐の旦那が臆病風に吹かれちまって動かねえんだ。あっしだけで、ふたりを殺るのは荷が重いや」

彦六が不満そうに言った。

「ほう、片桐の旦那がな」

島蔵は驚いたように目を剝《む》いた。

いっとき、島蔵は黙ったまま手にした猪口のなかに目を落としていたが、

「心配ねえ。何があったか知らねえが、片桐の旦那は受けた仕事を途中で投げ出すような真似《まね》はしねえ。すぐに、動きだすだろうよ」

そう言って、猪口の酒を一気に飲み干した。

脇で聞いていた平兵衛も、右京がこのまま殺しの仕事から手を引くとは思わなかった。殺しから足を洗って、まゆみと所帯を持ってくれればありがたいのだが、平兵衛の望みは叶《かな》わないだろう。

第三章　復活

1

夜陰のなかに刀身が銀蛇《ぎんだ》のようにひかっている。戸口から射し込む月光が、座敷にも淡いひかりを投げていた。

右京は真剣を青眼に構えたまま、灯《ひ》のない座敷の暗闇のなかに立っていた。さっきから身動《みじろ》ぎもしない。右京の切っ先の前に立ちふさがっているのは、脳裏に描いた清水の巨軀だった。

清水が上段霞に構えたままジリジリと間合をつめてきた。大樹が上からおおいかぶさってくるような威圧がある。

右京は剣尖に気魄《きはく》を込め、清水の威圧に耐えた。清水との間合が、しだいにせばまってくる。

清水が斬撃の間境《まざかい》に踏み入った刹那《せつな》、頭上に構えた刀身が回転したかのように見え、裂帛の気合とともに斬り込んできた。

真っ向へ。凄まじい斬撃である。

一瞬、右京は背後へ跳んだが、清水の切っ先に顔面を裂かれたような気がした。

――かわせぬ！

清水の斬撃を顔面にあびた、と右京は感じた。

どうしても、背後に身を引くより、上段から真っ向に振り下ろす剣の方が迅いのだ。かといって、清水の斬撃を刀身で受けることはできない。受けた刀身ごと斬り下ろすほどの剛剣なのだ。

ふたたび、右京は脳裏に清水の上段霞を描き、切っ先をむけた。そして、清水の斬撃に対して背後に跳んだが、やはりかわしきれなかった。

右京は、ここ数日、長屋の部屋に籠り、清水の霞落しを破るために何度も何度も同じことをくりかえしていた。

月代《さかやき》と無精髭が伸び、頰《ほお》がこけて、肌は蒼ざめていた。死人のように生気がないが、双《そう》眸《ぼう》だけは射すようなひかりを宿していた。凄絶《せいぜつ》な面貌《おもて》である。

この日も、右京は二刻（四時間）ほどつづけたが、清水の霞落しを破る工夫はつかず、精根尽きたように畳に身を投げ出した。

右京は暗い天井に目をひらきながら、

——このままでは、清水に勝てぬ。

と、思った。

清水に頭を斬り割られる凄惨な姿が瞼《まぶた》に浮かび、恐怖が胸に衝き上げてきた。体が顫え、頬や脇腹にまで鳥肌が立った。

右京はその恐怖を打ち消そうとして目を閉じ、子供のころのことや士学館で剣術を学んでいたときのことを思い出した。すると、雪江の顔が脳裏に浮かんだ。色白で面長、形のいいちいさな唇をした、人形を思わせるような美人だった。

だが、雪江の顔は霞がかかったようにひどく遠くに感じられた。子供のころの幼馴染《おさななじ》みのような気さえする。それに、雪江の顔を思い出しても胸を抉《えぐ》られるような悲痛は感じなかった。悲しみさえも、薄れている。

ふと、雪江に代わってまゆみの顔が浮かんだ。すぐ目の前にいるように、はっきりとその顔が見えた。顔が似ているわけではなかったが、どこか雪江と似ているような気がした。身辺にただよっている女らしい優しい雰囲気かもしれない。雪江もまゆみも、娘らしい色香のなかに慈母のような優しさがあったのである。

右京は胸の内の雪江の顔が遠ざかり、悲痛が薄れたわけを知っていた。まゆみである。

まゆみのことを思っていると、右京の心は和《なご》み、自分自身も優しい気持ちに浸ることができたのだ。

だが、右京はすぐにまゆみに対する思いを振り払った。

――おれは、女を不幸にするだけの男なのだ。

右京は、雪江を死に追いつめたのも己自身ではないかという気がしていた。まゆみに対してもそうだった。殺し人である自分が近付けば、まゆみを不幸の深淵に追い落とすだけであろう。

右京はふたたび清水の姿を脳裏に描いた。恐怖とともに、燃えるような闘気が湧《わ》き上がってきた。強敵を目の前にした剣客の本能かもしれない。右京の胸の底には、清水から逃げたくないという強い思いがあったのだ。

右京は刀を手にして立ち上がった。ふたたび、清水の上段霞を脳裏に描き、対峙したのである。

翌日、右京は午後になってから長屋を出た。足をむけたのは、本所相生町の庄助長屋だった。平兵衛に会うつもりだった。

右京は昨夜遅くまで清水の霞落しを破る刀法を工夫したが、会得するものはなかった。

ただ、ひとつだけ気付いたことがあった。霞落しと平兵衛の遣う虎の爪が似ているということである。

虎の爪は刀身を左肩に担ぐような逆八相に構え、一気に敵の正面に身を寄せ、敵の反応に応じて逆袈裟に斬り下ろす。

霞落しと虎の爪は、構えも斬り下ろす太刀筋も異なるが、果敢に敵に仕掛ける攻撃の剣であることは同じだった。しかも、相手を受けの気持ちにさせ、上から剛剣で斬り下ろすことも似ていた。

——虎の爪のなかに、霞落しを破る示唆があるかもしれない。

と、右京は思ったのだ。

右京は両国橋を渡って、竪川沿いの通りへ出た。陽は西にかたむいていたが、通りには通行人が行き交っていた。秋の落日に急かされるように足早に通り過ぎていく。

竪川にかかる一ツ目橋のたもとまで来たときだった。前方を歩いている男が、彦六であることに気付いた。十間ほど先を歩いていたのだが、後ろ姿だったので、すぐには気付かなかったのだ。

——あいつ、だれか尾けているのか。

彦六は天水桶の陰に隠れたり、通行人の背後についたりしている。

清水か小関を尾行しているのではないかと思い、彦六の前方に目をやったが、それらしい男はいなかった。

彦六の二十間ほど先に、ふたり連れの町娘がいた。後ろ姿なのではっきりしないが、ひとりはまゆみのようである。ふたりの娘は風呂敷包みをかかえていた。裁縫を習いに行っていると聞いていたので、その帰りかもしれないと右京は思った。

——まゆみどのを、尾けているのではあるまいか。

右京には、彦六が前を行くふたりを尾けているように見えた。

一ッ目橋のたもとを過ぎ、しばらく歩いたところで、ふたりの娘は左手の路地へ入った。庄助長屋につづく通りである。

彦六は路地の角にある瀬戸物屋に身を寄せ、まゆみたちがまがった先を覗くように見ていたが、小走りに路地へ入っていった。

——やはり、まゆみどのを。

彦六は、まゆみを尾けているようである。

2

「おい、こんなところで何をしてるんだ」

右京が、背後から彦六に声をかけた。

一瞬、彦六は硬直したようにつっ立ち、恐る恐る後ろを振り返った。

「なんでえ、片桐の旦那か。……びっくりするじゃァねえか」

彦六が口をとがらせて言った。

「何をしてるんだ、ここで」

右京が、あらためて訊いた。

「ヘッへへ……。旦那がいっこうにその気にならねえんで、ちょいと、悪戯《いたずら》をね」

彦六は首をすくめて照れたように笑った。

「おまえ、まゆみどのを尾けていたのではないのか」

右京がそう言うと、彦六は困惑したように顔をゆがめたが、すぐに苦笑いを浮かべ、

「旦那、あっしの跡を尾けてたんですかい」と、訊いた。

「おまえが、おれの前を歩いていただけのことだ」

右京は歩きだしながら言った。

「ねえ、旦那、まゆみという娘、いい女でしょう。掃き溜めに鶴とは、あの娘のことですぜ」

彦六は右京に跟《つ》いてきながら、得意そうな顔で言った。

「そうだな」

右京はあえて関心のないような顔をした。

「あっしはね、惚《ほ》れちまったんですよ、あの娘《こ》に」

彦六が声をひそめて言った。目がかがやいている。まんざら、虚言でもないらしい。

「馬鹿なことを言うな。まゆみどのに手を出せば、安田さんに斬られるぞ」

ただの脅しではなかった。右京にしろ彦六にしろ、殺し人がまゆみに手を出せば、平兵衛は黙っていないだろう。

「ヘッヘヘ……。そんなことは百も承知で」

彦六は狡猾《こうかつ》そうな笑いを浮かべた。

「なら、あきらめるんだな」

「だから、旦那はあめえんだ」

「何があまい」

右京が足をとめた。

「男親が一人娘を可愛がって手放したくねえのは、どこの親も同じだ。でもね、娘から一緒になりてえと言われりゃァ、男親も嫌とは言えねえんで」

彦六も足をとめて、右京に身を寄せて言った。

「…………」

彦六が言うことも、もっともである。

「だから、娘に一緒になりてえと言わせりゃァいいんだ」

「まゆみどのは、父親思いだ。一緒になりたいなどと言うわけがない」

「あめえ、あめえ。……旦那は剣術は強えかもしれねえが、女のことはからっきし知らねえようだ。女はね、肌さえ許しちまえば、こっちのもんなんで。嫌だと言っても、一緒になりてえと縋《すが》りついてきやすぜ」

彦六は、もっともらしい顔をして言った。

「おまえ、まさか！」

思わず、右京は彦六を見つめた。まゆみを手籠めにするつもりではないか、と思ったのである。

「その、まさかでさァ」

彦六は臆面もなく言った。

右京の顔がこわばった。このとき、右京の胸に、滝沢に犯された雪江のことがよぎった。まゆみが彦六に手籠めにされれば、雪江と同じ不幸にみまわれるのではあるまいか。

「だめだ、まゆみどのに手を出せば、おれがおまえを斬る」

右京は強い口調で言った。顔がいくぶん蒼ざめている。

「……！」

彦六が息を呑んだ。右京のただならぬ剣幕に驚いたようだ。

いっとき、彦六は言葉を失って右京を見ていたが、何か気付いたようにうなずき、

「そういうことですかい。片桐の旦那も、あの娘にほの字なんで」

と言って、口元をゆがめるようにして笑った。

「ば、馬鹿なことを言うな」

右京は言葉につまった。はっきり意識はしてなかったが、右京の胸にはまゆみに対する特別な思いがあったのだ。

「ヘッヘヘ……。そういうことなら、あっしと旦那で勝負だ。早く、まゆみを抱いた方が勝ちですぜ」

彦六が挑発するように言った。

「何を言う。おれたちは殺し人だぞ。素人の娘に、手を出せるはずがなかろう」

右京は彦六を睨みながら、声を殺して言った。

「なに、気にするこたァねえ。安田の旦那は、おれたちの仲間なんですぜ。あの娘にだって、殺し人の血が流れてるんだ」

彦六は顎《あご》を突き出すようにして歩きだした。

「ともかく、手を出すな。手を出せば、おれが斬る」

右京は彦六と肩を並べて歩きながら言った。脅しではなかった。まゆみを手籠めにすれば、彦六を斬るつもりだった。

「怖えな。……旦那がそれほど言うなら、手籠めはやめやしょう。それにしても、もったいねえ。あれだけの女が目の前にいるのによ」

彦六は納得できないようだった。

右京と彦六はいっとき無言で歩いていたが、彦六が何か思い出したように振り返り、

「ところで、旦那、仕事の方は?」

と、声を低くして訊いた。

「やる。そのために、来たのだ」

右京が声を低くして言った。

「安田の旦那のとこへ？」

「そうだ」

右京は、清水の剣を破る工夫をするために安田さんの手を借りる、と言い添えた。

「そいつはいいや。しばらく、女はお預けだな」

彦六がサバサバした口調で言った。

「いっしょに長屋へ行くか」

「遠慮しときやしょう。安田の旦那の長屋には、顔を出しにくいんでね」

彦六が足をとめ、あっしは小関と清水が塒にいるかどうか、探っておきやすよ、と言い残し、跳ねるような足取りで右京から離れていった。

3

「安田さん、片桐です」

そう声をかけてから、右京は腰高障子をあけた。

土間のつづきの座敷に平兵衛が座していた。刀を手にして、刀身を見つめていた。脇に白鞘が置いてあるので、研ぎ上がりを確かめていたようである。

座敷の奥にまゆみが立って、こちらに顔をむけていた。いま、帰ってきたところで、座る間もなかったのであろう。まゆみは右京を目にすると、身を硬くしたまま動かなかった。顔には、驚きと右京の身を案ずるような表情があった。

「久し振りだな」

平兵衛は手にした刀を鞘に納めて、上がり框のそばに来た。

まゆみは、慌てて右京に頭を下げた後、食い入るように右京を見つめたが、すぐに安心したような表情を浮かべて視線を落とした。怪我や病気ではないと分かったのだろう。

この日、右京は月代と髭を剃り、髷《まげ》もととのえていた。いくぶん痩《や》せてはいたが、いつもの右京と変わらぬはずである。

「茶を淹《い》れさせよう。まゆみ」

平兵衛が背後のまゆみに声をかけた。

まゆみは、はい、と返事し、恥ずかしいのか右京とは目を合わせないようにして、流し場の方へまわろうとした。

「せっかくですが、すぐにも安田さんに見てもらいたい刀がありましてね。ごいっしょ願えませんか。すこし値の張る刀なもので持ち歩くのも物騒と思い、家に置いてあるんですが」

右京が土間に立ったまま言った。むろん、平兵衛を連れ出すための口実である。

「分かった。お邪魔しよう」

平兵衛は、すぐに右京の意図を察知したようだ。

手にした白鞘の刀を研ぎ場に置き、別の刀を腰に差して戸口へ出てきた。

「まゆみ、片桐さんが手に入れた刀を見せてもらってくる。そう遅くはならぬが、夕餉までにもどらなかったら、先に済ませてくれ」

平兵衛はそう言って、土間へ下りた。まゆみは小声で、気を付けて、と言っただけで、土間の隅に立っていた。

「まゆみどの、父上をお借りします」

右京がまゆみを見つめて言った。

まゆみは頬を染め、恥ずかしげに視線を落としたが、

「片桐さま、また、いらしてください」

と、消え入るような声で言った。

右京と平兵衛は足早に路地木戸を出た。竪川沿いの通りまで来ると、

「さて、どこへ行くかな」

と、平兵衛が訊いた。

いたのだ。

「妙光寺へ」

右京が言った。平兵衛の虎の爪を見せてもらうには、人目のない妙光寺がいいと決めていたのだ。

「荒れ寺で何をする?」

「安田さんの虎の爪を見せてもらいたいのです」

右京は、清水と対戦したこと、清水が霞落しという必殺剣を遣ったこと、その剣が虎の爪と似ていることなどを話した。

平兵衛は黙って聞いていたが、右京の話が終わると、

「清水は一刀流か」と、訊いた。

「はい、霞落しは一刀流の上段霞から斬り落とす剣です」

右京が言った。

「だいぶ、むかしだが、霞落しという剣のことを聞いたことがある。清水という名に覚えはないが」

平兵衛は虚空を見つめ、むかしのことを思い出しているような顔をしていたが、それ以上口にしなかった。

妙光寺の境内は、静寂につつまれていた。人影はまったくない。風があり、杜の杉や樫

の葉叢《はむら》がザワザワと揺れていた。

「まず、霞落しがどのような剣なのか、先に見せてくれんか」

平兵衛は右京と対峙して言った。

「はい」

右京は袴の股立《ももだち》を取ると、上段霞に構えた。

平兵衛は抜かず、だらりと両手を垂らしたまま右京の構えを見つめている。

ふたりの間合は、およそ三間。

右京は上段霞のまま一気に身を寄せ、斬撃の間合に踏み込むや否や身をひねって刀身を回転させ、平兵衛の頭上に斬り落とした。むろん、頭上の手前で手の内を絞って、刀身をとめている。

平兵衛は身動ぎもせずに見つめていたが、

「なるほど、虎の爪に似ているかもしれん」

と、つぶやいた。双眸がひかり、好々爺のような穏やかな顔が剣客らしい凄味のある顔に豹変していた。

「受けることも、背後に跳ぶこともできません」

「うむ……」

平兵衛はちいさくうなずいたが、何も言わなかった。

「安田さん、見せてもらえますか、虎の爪を」

右京が言った。

「分かった」

平兵衛はあらためて三間余の間合を取ると、刀身を肩に担ぐように逆八相に構えた。

対する右京は青眼に構えた。

「行くぞ!」

平兵衛が疾走した。

一気に右京との間をつめていく。その迫力に気圧された右京が一歩退くと、平兵衛はさらに踏み込んで、逆袈裟に斬り込んだ。

平兵衛も手の内を絞り、右京の肩先から一尺ほどの間をとって刀身をとめている。

「いま、一手」

右京はふたたび青眼に構えた。

平兵衛は一手目と同じように逆八相に構えると、一気に間を寄せてきた。

今度は、平兵衛が間合に踏み込むや否や、右京の方から面へ斬り込んだ。平兵衛はその斬り込みを読み、刀身を払うと、二の太刀を袈裟にみまった。やはり、肩先で刀身をとめている。

「引くことも、斬り込むこともできない」

右京が顔をこわばらせて言った。思ったとおり、虎の爪は霞落しと同じような必殺剣である。

「だが、どのような剣にも弱点はある」

平兵衛がつぶやくような声で言った。

「安田どの、いま一手」

右京が目をひからせて言った。

それから、陽が西にかたむくまでふたりはつづけた。

「今日のところは、これまでだ……」

平兵衛が荒い息を吐きながら言った。肩が大きく上下し、胸が波打っていた。節々が痛み、老体が悲鳴を上げている。

「はい」

右京も刀を下ろした。

「どうかな、何かつかめたかな」

平兵衛が手の甲で額の汗をぬぐいながら訊いた。

「いえ、霞落しを破る工夫はつきません」

右京はそう答えたが、ただ、わずかな光明は感じていた。

それは斬撃の起こりだった。清水の斬撃を受けることもかわすこともできないなら、清水が斬り込む瞬間、つまり斬撃の起こりをとらえて、自分の方から斬り込むしかないと気付いたのだ。

ただ、起こりを感知して斬り込むのでは遅いような気がした。上段から正面に斬り下ろす清水の太刀が、青眼から斬り込む太刀より迅いからである。

――気が動いた一瞬を、とらえねばならぬ。

と、右京は思った。

剣道でいうところの先々《せんせん》の先《せん》である。相手の動きを察知して出端をとらえるのではなく、斬り込もうとして気が動いた瞬間をとらえるのだ。

だが、気の動きを感知するのはむずかしい。己の気を鎮め無心で対峙せねば、敵の気の動きを感知することはできない。上段から真っ向に斬り落としてくる敵に対して、平常心になることさえ至難なのである。

「霞落しのような剣は、己の身を捨てねば勝てぬかもしれんな」

平兵衛が刀を納めながら、つぶやくような声で言った。

4

　翌日、平兵衛は朝餉をすますと、すぐに長屋を出た。足をむけたのは、京橋木挽町《きようばしこびき》である。木挽町に住む古谷弥兵衛《ふるややへえ》という男を訪ねるつもりだった。

　古谷は平兵衛の古い知己だった。中西《なかにし》派一刀流の遣い手で、平兵衛が金剛流を学んでいたころに知り合い、何年か親交をつづけた。その後、平兵衛が殺しに手を染めるようになると行き来は途絶え、ここ十数年は顔も見ていなかった。ただ、会えばむかしのことを思い出してくれるはずだった。

　古谷は下谷練塀小路《したやねりべいこうじ》にあった中西道場の高弟だったが、三十半ばのころ木挽町に自分の道場をひらき、独立していた。いまは高齢で、道場も倅《せがれ》が継いでいるはずである。

　古谷道場に行ったことはなかったが、木挽町で訊くとすぐに分かった。間口三間、奥行き四間ほどの平屋造りのちいさな道場だった。竹刀や木刀を打ち合う音はせず、ひっそりとしていたが、玄関脇に古谷道場の看板が出ていた。

　玄関に立って訪《おとな》いを請うと、すぐに床板を踏む音がし、若侍が顔を出した。古谷の倅らしい。眉が濃く、頤《おとがい》の張ったいかめしい顔付きが若いころの弥兵衛にそっくりだった。

「どなたで、ござろう？」

若侍が訝《いぶか》しい顔で訊いた。無理もない。平兵衛は筒袖にかるさん姿で来ていた。剣術道場などに縁のない楽隠居か、老いた文人墨客の類にしか見えないだろう。

「安田平兵衛ともうす者です。古谷弥兵衛どのは、おられようか」

平兵衛はおだやかな声で訊いた。

「安田どの」

若侍は小首をかしげた。聞いた覚えがないのだろう。

「むかし、金剛流の道場に通っていた、と伝えていただければ、お分かりになるかと」

「しばし、お待ちくだされ」

そう言い残して、若侍が奥へ引き返した。

いっとき待つと、若侍がすこし腰のまがった年寄りを連れてもどってきた。白髪で顔は皺《しわ》だらけの老爺だった。若いころ一刀流の遣い手で鳴らした古谷の面影はなかったが、古谷弥兵衛にまちがいない。

古谷は一瞬、探るような目で平兵衛を見たが、すぐに相好をくずした。

「おお、安田どのか」

古谷は懐かしげに平兵衛を見つめながら、

「ともかく、上がってくれ」

と言って、道場へ上げた。

平兵衛を連れていったのは、道場のつづきにある畳敷きの部屋だった。狭い部屋だが客間になっているらしい。

「長いこと会っておらぬが、何をしておるな」

対座すると、古谷が先に訊いた。

「剣術では食えんのでな、刀研ぎをしておる」

平兵衛の身装《みなり》を見れば、納得するはずだった。

「研ぎ師か。わしは、見たとおりの貧乏道場で口を糊しておる。もっとも、いまは倅の綾《あや》之助《のすけ》が道場主だがな」

古谷が目を細めて言った。さきほど応対に出たのが、綾之助であろう。

「羨ましいかぎりだ」

貧乏であろうと、剣術で生計《たつき》を得て、しかも倅が跡を継いでいるのだ。平兵衛のように闇の世界の修羅のなかで生きている者から見れば、その境遇には天と地ほどの差がある。

「ところで、今日は何用かな」

古谷が顔の笑みを消して訊いた。

「実は、おぬしに訊きたいことがあってな。一刀流のことなら、おぬしに訊けば分かると思い、訪ねてまいったのだ」

「一刀流のことと言うと？」

「清水稲七郎という男を知らんか」

「清水……」

古谷は首をひねった。思い出せないようだ。

「霞落しを遣う男と聞けば、分かるかな」

「あやつか……」

古谷の丸まった背がすこし伸びたように見えた。目の奥に、するどいひかりが宿っている。

平兵衛は、剣客として長年生きてきた男の素顔を垣間《かいま》見たような気がした。

「知っているようだな」

「うむ……。おぬし、なにゆえ、清水のことを訊く」

古谷が顔をけわしくして平兵衛を直視した。

「わしに、刀の研ぎを頼みに来た男が一刀流のことを口にしたのだ。それに、持参した刀に人を斬った痕があってな。それで、気になったのだ」

「そやつが、清水か」

「わしは、十年ほど前に清水の顔を一度見かけたことがあるだけなので、はっきりせん。それに、そやつは別の名を口にしたのだ。……だが、何となく若いころ見かけた清水ではないかという気がしてな。清水のことなら、おぬしに訊けば分かるかと思い訪ねて来たのだ」

平兵衛は、古谷に問われたらこう答えようと用意した作り話を口にした。

「そうか。くわしいことは知らんが、清水はわしと同じ練塀小路にある中西道場に通っていた男だよ」

古谷によると、清水は古谷が中西道場を去り、木挽町に道場をひらいた後で門弟になったという。古谷はその後も中西道場へ顔を出すことがあったので、清水のことを知ったそうである。

清水は人並外れた体軀にくわえ、稽古も熱心だったので若くして頭角をあらわし、二十歳前後になると中西道場でも俊英と謳《うた》われる遣い手になったという。

ところが、性格が残忍な上に竹刀や木刀での打ち合いに飽きたらなくなったらしく、飲んで町人と喧嘩をして斬ったり、真剣で他流試合を挑んだりするようになった。

「清水が二十二、三のときかな。門人のひとりと口論になり、立ち合いと称して斬り殺してしまったのだ。このことが原因で、清水は破門されたようだ」

古谷は苦々しい顔をして話した。

「その後はどうした」

平兵衛が知りたいのは、いまどこで何をしているかだった。

「中西道場を出てから、合田《ごうだ》道場に身を寄せたと聞いたが、それから先のことはわしも知らん」

「合田道場？」

平兵衛は合田という名をどこかで聞いたことがあったが、何者なのか思い出せなかった。

「合田七岑《しちみね》だよ」

古谷が顔をけわしくして言った。

「一刀流の合田七岑か」

平兵衛は思い出した。やはり中西道場に通っていた男で、上段から打ち込む剣は烈火のように激しく、受けられる者はいないと噂された男である。ただ、ここ十年来、合田七岑の噂は聞いていなかった。古谷と同じように道場をひらいたらしい。

「清水の遣う霞落しは、合田の上段からの打ち込みをさらに工夫した技だよ」

古谷が言った。

「なるほど……」

上段と上段霞は構えがちがうが、頭上から斬り下ろす剛剣は同じである。

「ところで、小関典膳と岡崎助九郎を知らぬか。清水がわしのところへ来たとき、何度か口にした男だ」

平兵衛は、ついでにふたりの名を出してみた。

「知っておる。ふたりとも、清水と同門だよ。いまは、どこで何をしてるか知らぬが、清水と前後して中西道場をやめたはずだ」

「そうか」

いずれも、一刀流中西道場の門人だった者たちらしい。ただ、合田がいま清水たちとどうかかわっているのかは分からなかった。

「安田、清水たちと付き合わぬ方がいいぞ。三人とも評判はよくない」

古谷が渋面で言った。

「そうしよう。……ところで、合田七岑だが、どこに道場をひらいたのだ」

平兵衛が何気なく訊いた。

「本郷《ほんごう》だと聞いた覚えがあるが、くわしいことは知らぬ」

「本郷か。わしも、剣術とは縁が切れたのでな、合田道場がどこにあろうと、何のかかわりもないのだがな」

そう他人事のように言って、平兵衛は腰を上げた。

平兵衛は玄関先まで送ってきた古谷に、刀を研ぐようなことがあったら、声をかけてくれ、と言い残して道場を後にした。

5

「旦那、あれらしいですぜ」

孫八が前方の家屋を指差して言った。

見ると、坂道沿いに板塀をめぐらせた平屋造りの家屋があった。戸口の脇の板壁に連子窓が見えた。看板は出ていなかったが、道場らしい造りである。

木挽町に出かけた翌日だった。平兵衛は孫八を連れて、本郷へむかった。合田道場を自分の目で見ておきたかったのである。

本郷に来てから中山道《なかせんどう》沿いの店に立ち寄って、合田道場のことを訊くと、同朋町《どうぼう》の御茶之水《おちゃのみず》の方へ下る坂道の途中にあるとのことだった。それで、平兵衛と孫八は同朋町のこの場に来ていたのである。

「道場は閉じているらしいな」

だいぶ古い建物だった。玄関脇に看板も出ていない。竹刀や木刀を打ち合う音も聞こえず、ひっそりとしていた。

「だれか、住んでるんですかね」

孫八が板塀の脇からなかを覗きながら言った。

「合田が住んでるはずだが……」

物音も人声も聞こえなかった。

「どうしやす？」

「ともかく、近所で様子を訊いてみよう」

平兵衛は合田だけでなく、清水たちの所在も気になっていたのだ。

ふたりは一刻（二時間）ほどしたら、この場にもどることにして別れた。別々に聞き込んだ方が早いと思ったのである。

平兵衛は坂道の途中に、軒先に酒林をつるした酒屋があるのを目にし、まずその店で訊いてみることにした。

「ちと、ものを尋ねるが」

平兵衛は店先にいた酒屋の親父らしい男に声をかけた。五十がらみ、赤ら顔の鼻の大きな男だった。

「何でしょう」

男は胡散《うさん》臭そうな目で平兵衛を見た。男の目には、得体の知れない貧相な老爺に映ったのであろう。

「この先の剣術道場だが、合田どのの道場ではないかな」

「そうですよ」

つっけんどんな物言いだった。すぐに、きびすを返して奥へもどりたいような素振りを見せている。

「手間を取らせて、すまぬな」

仕方なく、平兵衛は財布から小粒を出して親父に握らせた。

途端に親父の態度が変わった。満面に笑みを浮かべている。現金な男である。

「いまも、稽古をしておるのかな。わしは、むかし同門だった者でな。その後、合田がどう暮らしているか気になって寄ってみたが、留守のようなのだ」

もっともらしく、平兵衛が言った。

「いいえ、稽古はしてないようですよ。三年ほど前までは竹刀の音が聞こえてましたが、ちかごろは滅多にご門弟の姿も見かけませんしね」

親父は揉み手をしながら答えた。

「独《ひと》り暮らしか」

「はい、二年ほど前にご新造さんが亡くなりましてね。その後は、お独りのようでございますよ」

「何をして暮らしを立てているのであろうな」

禄《ろく》を喰《は》んでいるわけではないし、道場以外に口を糊する手段はないはずである。

「さァ、てまえには分かりませんが……。ただ、ご内証はいいようでございますよ。てまえの店でも、値の張る下りものばかり買っていきますからね。それに、むかしのご門弟らしいお侍が立ち寄ったときに耳にしたのですが、ちかいうちに四ツ谷《よつや》の方に大きな道場を建てるそうですよ」

親父が平兵衛に身を寄せて言った。

「道場をな」

金の工面はついているのであろうか。平兵衛の胸に、富樫家や相模屋から脅し取ろうとしている金のことがよぎったが、いくらなんでもいま合田と結びつけるのは早すぎるのではあるまいか。

「清水と小関という武士が、訪ねてこないか」

平兵衛が訊いた。

「ときどき、お侍が訪ねてくるようですが、名までは存じませんもので」

親父は首をひねった。

平兵衛は、さらに合田や訪ねてくる武士のことをいろいろ訊いたが、富樫家や相模屋を強請《ゆす》っている一味とのつながりは聞き出せなかった。

それから、平兵衛は通り沿いの別の店に立ち寄り、合田道場のことを訊いたが、耳にしたのは酒屋の親父から聞いたこととほぼ同じである。

合田道場の前にもどると、孫八が待っていた。

「歩きながら話そう」

平兵衛が湯島の方へもどりながら言った。いつ、合田が帰ってくるか知れず、道場の鼻先で話すわけにもいかなかったのである。

「孫八、何か知れたか」

平兵衛が訊いた。

「あの道場は、三年ほど前につぶれたようですぜ」

と前置きして、聞き込んできたことを話した。平兵衛が耳にしたことと変わりはなかった。

「それに、どういうわけか金まわりがいいようでしてね。……合田は柳橋の料理茶屋などにも、ときおり出かけるという話ですよ」

孫八が不審そうな顔で言った。

「柳橋な」

平兵衛は柳橋の料理茶屋、船田屋を強請っている岡崎助九郎のことを思い出し、合田と岡崎も何かかかわりがあるかもしれぬ、と思った。

「それで、旦那の方は？」

「わしが聞いたのも、似たような話だ」

平兵衛は聞き込んだことをかいつまんで話した。

ふたりは坂道を下って神田川沿いの通りへ出た。

陽は家並のむこうに沈み、神田川の川面に映じた残照が、淡い鴇《とき》色に揺れている。右手には、大小の旗本屋敷の築地塀や長屋などがつづいていた。ぽつぽつと人影があったが、辺りはひっそりとしていた。足元から神田川のさざ波の音が、絶え間なく聞こえている。

そのとき、平兵衛たちの後方から尾けていく者がいた。武士である。羽織袴姿で深編み笠をかぶっていた。極楽屋の近くから平兵衛の跡を尾けた男である。合田道場の近くから尾け始めたのだが、平兵衛たちは気付いていなかった。

6

前方左手に昌平坂《しょうへいざか》学問所の学舎の甍《いらか》が見えてきた。その先には、湯島の家並がつづいている。

「旦那、だれかいやすぜ」

孫八が声をひそめて言った。

神田川の岸辺の柳の陰に人影があった。武士のようである。深編み笠をかぶっていた。

——何者であろう。

平兵衛の脳裏に極楽屋からの帰りに尾けてきた武士のことがよぎったが、同一人ではないようだ。長身で、すこし猫背だった。見覚えのない体軀である。

「旦那、辻斬りですかね」

「そうかもしれん」

夕暮れ時、武士が深編み笠で顔を隠して樹陰に立っているのである。だれもが、まず辻斬りを疑うだろう。

武士は平兵衛たちを目にとめたのか、ゆっくりとした足取りで通りへ出てきた。

「どうしやす？」

「引き返すか」

平兵衛は無駄な斬り合いはしたくないと思い、背後を振り返った。

「孫八、後ろからも来るぞ」

思わず、平兵衛は足をとめた。

やはり深編み笠をかぶっていた。中背で痩身。胸が厚く、腰がどっしりしている。

──あのときの男だ！

極楽屋からの帰りに尾けてきた武士である。

「だ、旦那、挟み撃ちですぜ！」

孫八が昂《たかぶ》った声を上げた。

「そのようだな」

平兵衛の顔がこわばった。ふたりは、手練とみていい。孫八とふたりでは切り抜けられないだろう。

すぐに、平兵衛は左右に目をやった。逃げ場を探したのである。

右手は神田川、左手は武家屋敷の築地塀と長屋がつづいていた、逃げ場はない。前後の武士は左手を鍔元《つば》へ添えて、小走りに近寄ってきた。その姿に殺気がある。

「やるしかないようだぞ」

「へい」

孫八が顔をけわしくして、ふところに手を入れた。匕首を呑んできているようである。

「前へ、走るぞ」

平兵衛は、ふたりを相手にしたら勝てぬ、と踏んだ。咄嗟に、身を寄せてくるふたりの姿から、長身の男の方が相手にしやすいと判断したのである。

平兵衛が抜刀した。孫八もふところから、匕首を抜いた。

そのとき、前方の男が深編み笠を取って道端の叢《くさむら》に投げた。鼻から顎にかけて、黒布で覆っていた。あくまで、顔を見せないつもりらしい。背後を振り返ると、中背の男も鼻から下を黒布で覆っている。

「行くぞ!」

言いざま、平兵衛は逆八相に構え、疾走した。虎の爪である。

孫八もすぐ後ろから走ってきた。

前方の武士が抜刀し、上段に構えた。上段霞ではない。後方の男も抜刀して疾走してきた。獲物を追う獣を思わせるような敏捷な走りである。

イヤアッ！

突如、平兵衛は裂帛の気合を発し、一気に前方の男との間合をつめた。

上段に構えた男の腰がわずかに浮いた。平兵衛の凄まじい寄り身と気魄《きはく》に気圧《けお》されたようだ。

男は上段のまま後じさった。平兵衛は斬撃の間に踏み込むや否や袈裟に斬り込んだが、間が遠かった。

切っ先が、男の右の前腕をかすめて流れた。

だが、男は平兵衛の斬撃に圧倒され、腰を引いてさらに後ろへ逃れようとした。その拍子に体勢がくずれ、大きくよろめいた。

平兵衛が追撃ちに二の太刀をふるえば、男を斬ることができたであろう。だが、平兵衛はそのまま男の脇を走り抜けた。背後の敵が間近に迫っていたからである。

「逃げろ、孫八！」

平兵衛が叫んだ。

背後から迫る中背の男が痺れるような剣気を放射していた。双眸が猛虎のようにひかっている。並の遣い手ではない。

孫八が長身の男の脇をすり抜けようとしたとき、ふいに背後から迫った中背の男が上段から斬り込んできた。敏捷な動きである。遠間だったが、切っ先がわずかに孫八の肩先を裂いた。

さらに、中背の男は走りざま上段に振りかぶり、孫八に斬撃をあびせようとした。切っ先で天空を突くように刀身を立てている。

孫八は逃げられぬと思ったのか、匕首で応戦しようとして足をとめた。

その様子を目の端でとらえた平兵衛は、

「足をとめるな!」

と叫びざま反転し、逆八相から中背の男の肩口へ袈裟に斬り込んだ。虎の爪の斬撃である。

同時に、中背の男が上段から袈裟に斬り込んできた。

両者の凄まじい斬撃が鼻先ではじき合い、甲高い金属音とともに青火が散った。

間髪を入れず、両者は背後に跳んだ。中背の男が目を剝いている。平兵衛の強い斬撃に驚愕したらしい。

「これでも、喰《く》らえ!」

そのとき、孫八が手にした匕首を中背の男の顔面にむかって投げた。

男は背後に引きながら刀身を払って匕首をはじいたが、体勢がくずれてよろめいた。思わぬ攻撃に、一瞬体の反応が遅れたのである。

この機をとらえて、平兵衛が走った。

孫八も走った。

「逃すな！」

中背の男が叫んだ。五間ほど間があいたが、中背の男につづき、長身の男も追ってきた。

平兵衛は懸命に走った。心ノ臓が早鐘のように鳴り、足がもつれた。それでも、足をとめるわけにはいかなかった。

前方左手の武家屋敷の間に細い路地があった。飛び込むように、平兵衛はその路地に走り込んだ。

そこに、複数の人影があった。旗本らしい武士が中間や若党などの供を連れて、こっちに歩いてくる。

供連れの武士が抜き身をひっ提げて駆け寄ってくる平兵衛を見て、恐怖に顔をこわばらせてその場につっ立った。

「つ、辻斬りに、追われているのだ」

走りざま、平兵衛が喉をつまらせながら叫んだ。

供連れの武士は、片側の築地塀に張り付くように身を寄せた。三人の若党が駆け寄り、刀に手をかけて武士の前に立った。主人を守るつもりらしい。

平兵衛は武士が身を寄せた塀の反対側に身を寄せながら、通り抜けた。孫八も後につづく。

背後から追ってきたふたりの男の足音がとまった。集団で立っている人影を見て、追うのをあきらめたらしい。

さらに半町ほど走り、四辻をまがったところで平兵衛が足をとめた。

「た、助かったな」

平兵衛は屈み込んで、ハァハァと喘ぎ声を上げた。孫八も道端につっ立って荒い息を吐いている。

路地に人影はなかった。辺りを淡い夕闇がつつんでいる。武家屋敷のつづく通りを静寂が支配し、ふたりの荒い息だけがはずむように聞こえていた。

7

「あれが、小関の住処《すみか》ですぜ」

彦六が指差した。

板塀と柱を二本立てただけの木戸門だった。屋敷も、微禄な御家人らしい粗末な造りである。

この日、右京と彦六は本所石原町に来ていた。

「片桐の旦那、先に小関を始末しやしょう」

と、彦六が言い出し、右京も同意したのである。

それというのも、島蔵のところに肝煎屋吉左衛門から、富樫兼五郎が怯《おび》えているので、早急に仕掛けてもらいたいとの要請があり、島蔵からその話を伝えられた右京も、いつまでも引き延ばせないと思ったのである。

「小関は屋敷にいるのか」

右京が訊いた。

「いるはずだが、いつ出てくるかは分からねえ」

彦六によると、小関は陽が西にかたむいたころ、賭場や料理屋などに出かけるが、日中は家にいることが多いという。

「ここで、待つか」

ふたりがひそんでいる場所は、小関の屋敷の斜向かいにある稲荷《いなり》の境内だった。祠《ほこら》をかこっている檜《ひのき》の間から、屋敷の木戸門に目をむけていたのだ。

「だいぶ、陽もかたむいてきやした。そのうち、出てくるでしょうよ」

彦六はそう言って、上空に目をやった。

陽は西の空にあった。七ツ（午後四時）ごろであろうか。

ふたりは檜の陰に屈み込み、黙ったまま葉叢《はむら》の間から小関の屋敷に目をやっていた。

いっときすると見張りに飽きたらしく、彦六が、

「それで、旦那、うまくいってますかい」

と、生欠伸《なまあくび》を噛《か》み殺しながら言った。

「何の話だ」

「まゆみ……。安田の旦那の娘ですよ。あっしは知ってやすぜ、片桐の旦那が、このごろ庄助長屋に通っているのを」

彦六は上目遣いに右京を見上げながら言った。

「そ、それは、安田さんに会うためだ」

右京の声は上ずった。確かにここ数日、右京は相生町の庄助長屋に出かけていた。ただ、まゆみに逢うためではない。平兵衛とともに清水の遣う霞落しを破る剣の工夫をするためである。

「旦那、あっしに隠すこたァねえ。……それで、娘をものにしましたかい」

彦六が目をひからせて右京を見た。その目に、好色と好奇の色がある。

「馬鹿なことを言うな。まゆみどのとは、話もしておらぬ」

右京が慌てて言った。

「そんなことじゃァ、いつになってもいっしょにはなれねえ。……安田の旦那が留守のときに、抱いちまうんですよ」

彦六がしたり顔で言った。

「おれに、その気はない」

右京が語気を強めてそう言ったときだった。

ふいに、木戸門から人影が出てきた。

「おい、小関だぞ」

右京が言った。

「来やがった！」

彦六が身を乗り出すようにして葉叢の間から覗き込んだ。

小関は黒羽織に袴、二刀を帯びていた。真っ直ぐ、ふたりのひそんでいる稲荷の方へ歩いてくる。

「ここでやりやすかい」

彦六は懐から寸鉄を取り出し、右手に嵌めながら目をひからせた。

「待て、ここはまずい」

通り沿いは、御家人の屋敷がつづいていた。人声も聞こえる。小関と斬り合いになったら、近所の武士が助勢に駆け付けるかもしれない。

「大川端がいい」

小関は大川端にむかって歩いていた。どこへ行くつもりなのか分からないが、大川沿いの道に出ることは間違いない。

「先まわりしやすか」

彦六が腰を上げて訊いた。

「そうしよう」

ふたりはすぐにその場を離れた。

陽が対岸の浅草の家並のむこうに沈み、大川端は残照の淡いひかりにつつまれていた。鴇色《ときいろ》の残照を映した川面を、猪牙舟や屋根船などがゆっくりと行き交っている。時のとまったような静かな雀色時である。

右京と彦六は、対岸に浅草御蔵の見える大川端に来ていた。大身の旗本屋敷の築地塀の角に身を張り付けるようにして、大川端の道に目をむけていた。

「来た！」

彦六が声を殺して言った。

小関が足早にこちらに歩いてくる。

「彦六、後ろへまわってくれ」

「分かった」

すでに、彦六は寸鉄を右手に持っていた。剽げた表情はなく、殺し人らしい剽悍な顔付きをしている。

小関が右京たちの前を通りかかったとき、ふたりは築地塀の角から飛び出した。素早い動きで、彦六が小関の背後にまわり込む。

「う、うぬらは……」

小関の顔がひき攣《つ》った。

右京は無言のまま抜刀し、つかつかと小関との間合をつめていった。

小関は慌てて通りの左右に目をやった。逃げ場を探したようだが、大川の岸辺を背にして刀を抜いた。やり合うしかないと思ったようだ。

小関の顔はこわばっていたが、臆した様子はなかった。一度、右京たちに襲われて退散させていることから、ここも切り抜けられると踏んだのかもしれない。

小関は上段に構えた。上段霞ではないが、腰の据わった大きな構えである。

対する右京の構えは青眼。ふたりの間合はおよそ三間余あった。斬撃の間からは、まだ遠い。

右京が足裏を擦るようにして間合をつめ始めた。小関は上段に構えたまま動かない。残照を反射《はね》た刀身が血の色に染まり、ゆっくりと小関に迫っていく。

右京の右足が一足一刀の間境《まざかい》を越えた刹那《せつな》、小関の全身から斬撃の気が疾《はし》った。と、小関の全身が膨れ上がったように見え、体が躍動した。

ヤアッ！

タアッ！

ふたりの鋭い気合が静寂を劈《つんざ》き、二筋の閃光が疾った。

小関の切っ先が上段から袈裟へ。

右京は体をひらいて小関の斬撃をさけながら刀身を斜に払った。

一瞬の攻防である。

右京の着物の左肩先が裂けた。小関の切っ先がかすめたのである。一方、右京の切っ先は小関の右手の甲の肉を抉っていた。

短い叫び声を上げ、小関が後ろへ跳ね飛んだ。顔が苦痛にゆがんだ。手の甲から血が滴り落ちている。

小関は後じさりながら、青眼に構えようとしたが、刀身が震えている。手の傷と興奮とで、体が顫えているのだ。

ふたたび右京が青眼に構えて、小関との間合をつめようとしたときだった。

ふいに、小関が反転した。敵《かな》わぬとみて、逃げるつもりだ。

すかさず、彦六が動いた。

寸鉄を握った右手を振りかざし、野犬のように飛びかかった。

咄嗟に、小関が彦六の胸に突きをみまった。が、腰の引けた刺撃に威力はなかった。

彦六は脇へ上体を倒して小関の切っ先をかわし、右手を小関の首筋に伸ばした。

一瞬、小関が目を剝き、その場に棒立ちになった。次の瞬間、小関の首筋から血が音をたてて噴出した。彦六が擦れ違いざま、寸鉄を突き刺したのである。

彦六は小関の脇をすり抜け、間を取ってから反転した。

血を撒きながら、小関はよろよろと泳いだ。川岸ちかくまで行き、がっくりと両膝を折ると、うずくまるように前に倒れた。

「旦那、やりやしたぜ」

彦六が昂った声で言った。

双眸が炯々《けいけい》とひかり、ひらいた口から白い歯が覗いていた。右京の目に彦六の顔が、獲物を仕留めた狼のように映《うつ》った。

第四章　合田《ごうだ》道場

1

古い道場だった。腰板が所々破れ、風が流れ込んでくる。正面に神棚を備えた師範座所があったが、畳はぼろぼろである。数年来、道場内で稽古をした様子はなく、床板も隅の方は白く埃《ほこり》が積もっていた。

その道場のなかほどに五人の男が車座になっていた。

合田七岑、清水稲七郎、岡崎助九郎、それに前川信介《まえかわしんすけ》と峰岸武左衛門《みねぎしぶざえもん》である。清水、岡崎、前川、峰岸の四人は、合田がここに道場をひらいたときからの門弟で、いずれも一刀流の遣い手であった。前川は親の代からの牢人、峰岸は七十石の御家人の冷や飯食いである。

顔を突き合わせた五人の顔には屈託の色があり、座は重苦しい雰囲気につつまれていた。

「小関が斬られたそうだな」

合田が低い声で言った。四十代半ば、鼻梁《びりょう》が高く、猛禽《もうきん》のような鋭い目をしている。

「本所の大川端です。自邸を出てすぐ、殺られたらしい」

答えたのは岡崎だった。目が細く、顎がとがっている。

「相手は武士か」

「手の甲に刀傷があり、首筋にも刺された痕がありました。首は刀ではないようです。槍か、それとも匕首か」

岡崎は町方が検屍しているのを後ろから覗いただけなので、はっきりしたことは分かりませぬ、と言い添えた。

「獲物は分からぬが、町人かもしれんな。……極楽屋には武士の他に腕のいい町人もいるようだからな」

合田が男たちに視線をまわしながら言った。年配者らしい落ち着きと威風があった。

「長沼につづいて、小関か……」

清水がつぶやくように言い、赭黒い顔を不満そうにゆがめた。

「そやつら、何者なのだ」

前川が苛立《いらだ》った声で清水に訊いた。

「はっきりしたことは分からんが、金ずくで殺しを請け負う者たちのようだ」

清水は出入りしている賭場の遊び人から、極楽屋の裏稼業や年寄りの腕の立つ殺し人が出入りしていることなどを耳にしていたのである。

「すると、おれたちが強請った富樫や相模屋が頼んだのか」

「そうかもしれん」

清水が憮然とした顔で腕を組んだ。

「極楽屋に押し入って、皆殺しにしたらどうだ」

岡崎が声を上げた。

そのとき、清水たちのやり取りを聞いていた合田が、

「だめだな。あの店はつなぎの場所で、肝心の男たちはおらぬ」

と、口をはさんだ。

「うむ……」

男たちは、虚空を見つめたまま口をつぐんだ。それぞれ、いい手はないか思案しているらしい。

暮れ六ツ（午後六時）を過ぎていた。灯明のない道場内に夕闇が忍び寄り、五人の男たちの顔に濃い陰影を刻んでいた。

いっとき男たちは黙考していたが、

「いま、手を引くことはできぬ。すでに、四ツ谷に、道場を建てる土地まで見つけているのだからな」

と、合田が声を強くして言った。双眸が刺すようなひかりを帯びている。

合田は以前から四ツ谷に新しい一刀流の道場を建てる計画をもっていた。それも、江戸の三大道場と謳《うた》われている北辰《ほくしん》一刀流の玄武館《げんぶかん》、神道無念流《しんとうむねん》の練兵館《れんぺいかん》、鏡新明智流の士学館などと匹敵する大道場を建てようというのである。さらに、中西道場の元門人のなかから腕のたつ男たちを選び、師範代として雇おうとも考えた。

ただ、それには金がいる。当時、合田には自分の口を糊する金もなかったのだ。そこで、富裕な商人や弱味のある大身の旗本などに狙《ねら》いをつけ、金を脅し取ることを思いついた。ただ、ひとりでは難しい。

そこで、合田道場に通っていた腕のたつ清水に話すと、

「どうあがいても、おれは一生牢人暮らしの身だ。手段はどうあれ、道場を建ててこの腕を生かしてみたい」

そう言って、すぐに仲間にくわわった。

その後、清水と同様に己の境遇に不満を持っていた小関、長沼、岡崎がくわわり、さら

に前川と峰岸が一味に入ったのである。

「富樫や相模屋を脅し、すぐに金を出させましょうか」

岡崎が言った。

「それも手だが、そやつどもを斬らねば、いつまでもおれたちの命を狙ってくるぞ。それに、長沼と小関の敵も討ってやりたい」

合田が重い声で言った。

「金ずくで殺しを請け負ったようなやつらなら、遠慮することはない。ひとり残らず、おれたちの刀の錆にしてやろうではないか」

清水が一同に視線をやりながら言った。

「やりましょう」

と、峰岸。

「まず、そやつらの塒をつかんで、逆におれたちで襲えばいい」

岡崎がそう言うと、一同は目をひからせてうなずいた。

男たちのやり取りが一段落したとき、

「その前に」

と、合田がおもむろに言った。

「まず、極楽屋の者を締め上げ、金ずくで殺しを請け負った殺し人たちの塒を吐かせるのだ」

「なるほど」

清水が言い、他の男たちがうなずいた。

「それにもうひとつ。……きゃつらは、わしの道場もつかんでいるし、小関の屋敷も長沼の長屋も知っていたのだ。このままでは、わしらが先に斬られよう。……わしらの居所を隠すために、ひとまず宿を変えねばなるまい」

そう言うと、合田は懐から財布を取り出した。

「宿変えに使ってもらいたいが、いまはこれしかない」

合田は、四人の男たちの膝先に三両ずつ置いた。これまでに脅し取った金の一部である。

四人は、それぞれ合田に礼を言い、懐にしまった。

「ところで、お師匠はどうされるのです？」

若い峰岸が訊いた。

峰岸は合田がこの場所に道場をひらいたときに入門した男だった。それで、合田のことを師匠と呼んでいる。他の三人は、合田が中西道場に通っていたころ同門だったので、まだ兄弟弟子の意識が残っている。そのため、言葉遣いが多少乱暴だった。

「さて、どうしたものか。まだ、当てはないのだ」

合田が苦笑いを浮かべた。

「それなら、わたしの家へ来ていただけませんか。荒屋《あばらや》ですが、長屋ではございませぬ」

峰岸によると、兄が家を継いで嫁をもらうとき、家を出たという。そのおり、隠居した父が碁仲間だった近所の瀬戸物屋の主人から、古い仕舞屋を安く買い取って峰岸を住まわせたのだそうである。

「瀬戸物屋の主人が妾《めかけ》を囲っていた家で、浅草今戸《いまど》町の大川端にあります」

閑静な地で、富商の隠居所や大身の旗本の別邸などが多いという。

「しばらく、厄介になるか」

合田は満足そうにうなずいた。

2

——妙だな。

と、孫八は思った。

道場の戸口の引き戸がしまったままで、まったく人のいる気配がない。以前から道場の敷地内はひっそりしていたが、それにしても静か過ぎる。

孫八が道場を見張るようになって二日目だった。門弟たちはともかく、道場に出入りするはずの合田が、一度もその姿を見せていなかった。

孫八は合田道場の斜向かいの桜の太い幹の陰にいた。時間の経過とともに苛立ってきた。留守にするにしても長過ぎる。

——見つかったら、逃げればいい。

そう思い、孫八は樹陰から通りへ出た。道場の敷地内に入り込んで、なかの様子を確かめてみようと思ったのである。

まず、道場の脇へまわり、朽ちた板壁の間からなかを覗いてみた。荒れた道場だった。人影はまったくない。

孫八は裏手の母屋にまわった。母屋といっても、道場につづくちいさな家屋だった。合田はここで暮らしていたのだろう。間取りは居間と寝間、それに台所だけらしかった。

母屋もひっそりと静まり、人のいる気配はなかった。板戸の隙間や破れた障子の間から、部屋を覗いてみたが、やはりだれもいなかった。台所にもまわってみたが、ちかごろ煮炊きをした様子もなかった。

――家を出たのかもしれねえ。

と、孫八は思った。

道場を出ると、近所の店をまわって話を訊いてみた。やはり、ここ数日合田を見かけた者はいなかった。

孫八は、合田が道場を捨てて姿を消したと判断した。おそらく、平兵衛たち殺し人に住処をつかまれたと思い、宿を変えたのであろう。

孫八は本郷を後にし、本所相生町に足をむけた。平兵衛に合田が姿を消したことを知らせておこうと思ったのだ。

庄助長屋へ行き、平兵衛の部屋の腰高障子の隙間から覗くと、人影はなかった。ただ、屏風のむこうで刀を研ぐ音が聞こえたので、平兵衛はいるらしい。

「安田の旦那、おりやすかい」

孫八が障子の間から声をかけた。

すると、砥石を使う音がやみ、近付いてくる足音が聞こえた。

「孫八か」

「へい」

「入ってくれ」

孫八が障子をあけると、平兵衛が上がり框のところに立っていた。襷《たすき》で両袖をしぼっていた。袷の裾がすこし濡れている。研ぎかけの刀を置いて、屏風でかこった仕事場から出てきたらしい。

「旦那の耳に入れておきてえことがありやして」

孫八は家のなかに平兵衛の娘がいないことを確かめてから、上がり框に腰を下ろした。孫八は、平兵衛が殺し人であることを娘に秘匿《ひとく》しているのを知っていた。

「何かな」

平兵衛もそばに腰を下ろした。

「合田が本郷の道場から姿を消しちまったようです」

孫八はかいつまんで、道場内の様子を話した。

「やはりそうか。……片桐さんからも話があってな。清水も黒船町の長屋に姿を見せなくなったそうだよ」

「すると、一味のやつらが、こぞって」

「そのようだな」

「やつらは、おれたちが狙っているのを気付いたんだ」

孫八はいっとき視線を土間に落として黙っていたが、

「旦那、やつら、姿を消しただけじゃァなく、あっしらの命を狙ってくるかもしれませんぜ」

と、顔を上げて言った。

「すでに、わしらは合田道場からの帰りに襲われたではないか」

「ちげえねえ」

「いまに始まったことではあるまい。殺し人は狙った相手に、いつも狙われているのだ」

平兵衛が低い声で言った。

「……………」

孫八の顔はこわばっていたが、怯えや困惑の色はなかった。孫八もこれまで多くの修羅場をくぐり、殺し人として生き抜いてきた男である。

「殺し合いが、わしらの宿命だ。むこうから仕掛けてくるのを待っていたら殺られる。先に殺した方が生きのびるのだ」

「そのとおりで」

孫八がうなずいた。

「わしたちには、まだ手繰《たぐ》る糸がある。まず、岡崎助九郎だ。おそらく、岡崎も合田の仲間だろう。……岡崎は船田屋に何度も姿を見せている。船田屋に来るのは、用心するだろうが、柳橋の他の料理屋には顔を出すはずだ」

「あっしも、そう思いやす」

「わしは、元締めに話して極楽屋の者に張り込んでもらうつもりでいるのだ」

平兵衛は、すでに船田屋鶴蔵から、岡崎の人相風体を聞いていた。長身の牢人で、目が細く顎のとがった男だという。

岡崎が柳橋に姿をあらわせば、張り込ませた連中が気付くだろう。

「もうひとつ、糸がある。賭場だ。清水は芝蔵の賭場に出入りしていると聞いている。博奕好きの男なら、簡単に足は洗えないだろう。塒は変えても、賭場へは足を運ぶはずだ」

「ですが、旦那、清水は片桐の旦那と彦六が追ってるはずですぜ」

孫八が言った。

「片桐さんに訊いたら、芝蔵の賭場をふたりで見張ってるそうだよ」

「それなら、あっしらの出る幕はありませんぜ」

「いや、わしはな。清水は、芝蔵の賭場ではなく別の賭場へ行くとみてるのだ」

清水は用心して、しばらく芝蔵の賭場に近付かないのではないか、と平兵衛が言い添えた。

「そうかもしれねえ」

孫八がうなずいた。

「孫八、黒船町界隈に他の賭場はないか」

「さァ、浅草は芝蔵の縄張りだと聞いてやすから……」

孫八は、いっとき記憶をたどるように虚空に視線をとめていたが、

「佐久間《さくま》町に、赤源《あかげん》の賭場があると聞いた覚えがありやす」

と、平兵衛の方に顔をむけて言った。

「赤源とは妙な名だな」

「名は源助《げんすけ》ですがね。赤ら顔の男なので、赤源。渡り者（中間）でしたが、中間部屋の博奕で金を稼ぎ、てめえで貸し元になったと聞いてますぜ」

「その賭場は、どこにあるか分かるか」

平兵衛が訊いた。

「分からねえが、すぐにつきとめやす」

孫八は佐久間町界隈の遊び人か地まわりにでも訊けば、分かるだろうと思った。

「分かったら、ふたりで赤源の賭場を当たってみよう」

平兵衛が声を強くして言った。

穏やかな晴天だった。神田川沿いの通りは、思ったより賑やかで人通りも多く活気があった。

3

平兵衛と孫八は、神田川にかかる和泉橋のたもとを過ぎたところで右手の路地へ入った。小体な店や表長屋などが、軒を連ねた細い通りである。

「旦那、一膳めし屋の手前の路地を入ったところで」

孫八が指差した。

見ると、一膳めし屋と下駄屋の間に狭い路地がある。

その路地をすこし歩くと、正面に古い土蔵があった。その先が表通りになっているが、土蔵の前に大きな店舗はなかった。あるいは店がつぶれ、土蔵だけがその場に残されたのかもしれない。

「あれが、赤源の賭場か」

平兵衛が足をとめて訊いた。

「へい、古い土蔵に大工の手を入れたようです。赤源の穴蔵と呼ばれているらしいですぜ」

「まさに、穴蔵のような賭場だな」

「どうしやす？」

孫八が頭上に目をやって訊いた。まだ、陽は上空にあった。賭場をひらくには、早いだろう。

「あの一膳めし屋で訊いてみるか」

平兵衛は、清水がこの賭場へ来れば、酒かめしを食いに一膳めし屋に顔を出すのではないかと思ったのだ。

「そうしやしょう」

孫八もすぐに同意した。

ふたりは一膳めし屋の前にもどり、腰高障子をあけた。土間にいくつかの飯台が置かれ、奥に追い込みの座敷があった。まだ、陽が高いせいか、客はすくなかった。飯台に職人らしい男がふたり、追い込みの座敷に行商人らしい男がひとり、めしを食っているだけだった。

平兵衛と孫八が奥の座敷に腰を下ろすと、小女《こおんな》が注文を聞きにきた。肉置《ししお》きの豊かな女で、ぷっくりとした饅頭《まんじゆう》のような頬をしていた。

「酒と、肴は……。小芋の煮付け。それに、酢の物を頼むか」

平兵衛は板壁に張ってある品書をみながら言った。

いっときすると、小女が酒と肴を運んできた。

「お女中、つかぬことを訊くが、この店に清水という男が来たことはないかな」

平兵衛が訊いた。

「清水さま……」

小女はきょとんとした顔で平兵衛を見ながら首を横に振った。知らないのか、答えを拒《こば》んでいるのか、はっきりしなかった。

「わしの知り合いの男なのだが、この店のことを話していたのでな。訊いてみたのだ。……清水と言っても分からんだろうな。三十半ばの牢人で、六尺ほどもある大男だ」

清水は人目をひく巨軀の主なので、来れば覚えているだろう。

「さァ、店で見たことはありませんけど……」

小女はそう言い残して、その場から離れた。

平兵衛たちは酒はすぐに切り上げ、腹ごしらえのために菜めしを頼んだ。その菜めしを店の親父が運んできたとき、あらためて清水のことを訊いてみたが、

「うちには、来ませんねえ」

と、はっきりと答えた。どうやら、清水がこの店に姿をあらわしたことはないようである。

一膳めし屋から出ると、

「旦那、しばらく賭場を張ってみますかい」

と、孫八が言った。

「だが、いつあらわれるか分からんぞ」

あるいは、清水はここの賭場に顔を出さないかもしれない。

「三日ほど、あっしが張ってみますよ。……ふたりで雁首そろえて、見張ってることもねえでしょう。旦那は、長屋にもどってくだせえ」

「うむ……」

孫八の言うとおりだった。それに長丁場になるだろう。ここは孫八に頼もう、と平兵衛は思った。

「孫八、清水には手を出すなよ。並の遣い手ではないぞ」

平兵衛が念を押すように言った。

「清水を殺るのは、片桐の旦那たちだ。あっしは、清水を尾けるだけにしやすよ」

そう言い残して、孫八が賭場の方へもどっていった。

孫八と別れた平兵衛は、来た道を引き返して神田川沿いの道へ出た。陽は西にかたむいていた。平兵衛は長く伸びた自分の影を踏みながら歩いた。神田川にかかる新シ橋を渡り、柳原通りから両国広小路へ出て両国橋を渡った。橋詰は大勢の人出で賑わっていたが、本所相生町へ入ると急に人影がすくなくなった。庄助長屋はすぐ近くである。

竪川沿いの通りから長屋につづく路地へ入ったとき、平兵衛はすぐ前を歩いている男を目にとめて声をかけた。極楽屋に住み着いている嘉吉《かきち》である。

「嘉吉、どこへ行く」

「旦那、ちょうどよかった。いま、旦那のとこへ行くところだったんで」

嘉吉の顔がこわばっていた。極楽屋で何かあったのであろうか。

「どうした？」

「すぐに、旦那を呼んでこい、と親分に言われやして」

嘉吉は何があったか、口にしなかった。人通りがあったからであろう。

「分かった。すぐに行く」

平兵衛は長屋にはもどらず、このままの足で極楽屋へ行こうと思った。

竪川にかかる二ツ目橋を渡り深川へ入ったところで、

「熊八《くまはち》の兄いが、殺られちまったんで」

嘉吉が、顔をゆがめて言った。

熊八は武州のつぶれ百姓の倅だった。三年ほど前に江戸に流れ着き、島蔵の手先になって極楽屋に住み着いていた。

「熊八がな」

平兵衛は熊八が殺されただけではないだろうと思った。熊八が殺されただけなら、島蔵が慌てて平兵衛を呼び出すようなことはしないはずだ。

4

島蔵は極楽屋の裏手にいた。裏手には乗光寺《じょうこうじ》という古刹《こさつ》があったが、寺の境内と極楽屋の間が雑草の繁茂した空地になっていた。その空地のなかに島蔵と手下たち数人が立っていた。いずれの顔にも苦悶の表情がある。

「親分、安田の旦那をお連れしやした」

嘉吉が声を上げると、島蔵たちが平兵衛に目をむけた。

「どうした」

「旦那、まず、見てくれ」

島蔵が足元に視線を落とした。

叢《くさむら》に男の死体が横たわっていた。なんとも、凄惨な姿である。熊八らしいが、顔は傷だらけで、人相も分からなかった。着物はズタズタに切り裂かれ、どす黒い血に染まっている。ひどい打擲《ちょうちゃく》を受けたらしい。

「うむ……」

平兵衛も、すぐに声が出なかった。

「要橋の先の材木置き場で見つかりやした」

島蔵によると、そばを通りかかった手下の蓑造が小便をするため、積んである材木の陰にまわり、熊八の死体を発見したという。

すぐに、蓑造は極楽屋に駆け込んで、島蔵に熊八のことを知らせた。島蔵は極楽屋に居合わせた男たちを連れて現場に行き、取り敢えず熊八の死体をこの場に運んできたのだという。

「安田の旦那、熊八の死体をどうみるね」

島蔵が訊いた。

「拷問《ごうもん》だな」

刀傷もあったが、ほとんどは竹か棒のようなもので打擲された傷である。

「熊八を殴り殺したのは、清水たちにちがいねえ」

島蔵が低い声で言った。牛のような大きな目が憎悪に燃えている。

平兵衛も、そう思った。熊八が何を拷訊《ごうじん》されたのか。おそらく、平兵衛たち殺し人のことであろう。

「わしたちのことを聞き出すためだな」

「おれもそう思う。……熊八がしゃべったかどうか分からねえが、これだけ痛めつけられたところを見ると、簡単にはしゃべらなかったんだろう」

「うむ……」

平兵衛は島蔵の言うとおりだと思った。すぐにしゃべれば、これだけの仕打ちは受けなかっただろう。ただ、熊八がしゃべっても、助かったとは思えなかった。清水たちは、これ以上聞き出せないとみたところで斬殺したにちがいない。

「ですが、やつらが熊八から旦那方四人のことを聞いたとみた方がいい。それに、旦那方の塒もつかんだかもしれねえ」

旦那方四人とは、平兵衛、右京、孫八、彦六のことである。

「面倒なことになったな」

長屋に押し入るようなことはあるまいが、いつ襲われるか分からない状況である。迂闊に町も歩けない。

「すぐに、片桐の旦那たちにも知らせますよ」

「そうしてくれ」

平兵衛が小声で言ったとき、極楽屋の店先から三人の男が慌てた様子で駆けてきた。いずれも島蔵の手下である。それを目にした島蔵は、

「話のつづきは、店でしますかい」

と言って、その場に居合わせた男たちに、やつらといっしょに熊八を葬ってやれ、と指示し、平兵衛を極楽屋に連れていった。

飯台に腰を下ろし、島蔵の女房のおくらが運んできた茶を口にした後、

「こうなったら、早く始末をつけるより手はねえ」

島蔵が、虚空を睨みながら言った。

「そうだな」

相手に襲われる前に、殺しを仕掛けるのである。孫八にも話したが、先に相手を殺した方が生き延びるのである。

「岡崎のことが、知れやしたぜ」

島蔵が声を低くして言った。

島蔵によると、手下たちに柳橋で聞き込ませたが、埒《らち》が明《あ》かないので島蔵自身で柳橋まで出向き、吉左衛門からあらためてその後の話を聞いたという。

「柳橋に住む肝煎屋だけのことはありやすぜ。柳橋のことは、隅々まで分かってるようだ。……岡崎だが、扇屋《おうぎや》という料理茶屋の桃江《ももえ》という座敷女中に入れ込んでいて、いまでも店に顔を出すそうです」

「扇屋の桃江か」

それだけ分かれば、岡崎の所在をつかめる。清水から手繰《たぐ》るより早いかもしれない、と平兵衛は思った。

「ともかく、早く手を打とう」

そう言い置いて、平兵衛は腰を上げた。

すでに、暮れ六ツを過ぎていたので、孫八に知らせるのは明日にしようと思い、平兵衛はそのまま長屋にもどった。

その夜、平兵衛はまゆみに、陽が沈む前に長屋にもどること、長屋でうろんな男を見かけたら、ひとりにならないでおしまの家に行っていること、夜は心張り棒をかって、平兵衛以外は戸をあけないことなどを話した。合田たちが、何をしてくるか分からなかったので用心したのだ。おしまは、まゆみといっしょに裁縫を習いにいっている同じ長屋の娘である。

「父上、どうしたのです？」

まゆみは怪訝《けげん》な顔をして訊いた。いつになく、子供に言い聞かせるような物言いでくどくどと話したからであろう。

「ちかごろ物騒だからだ。……柳橋で、おまえと同じ年頃の娘が手籠めに遭《あ》ったらしいぞ」

平兵衛は娘が手籠めに遭った話など聞いていなかったが、適当に言いつくろったのである。

5

笹藪のなかを渡ってきた風に、肌に染みるような冷気があった。辺りの叢《くさむら》で虫が喧《やかま》しいほど鳴きたてている。

右京と彦六は、笹藪の陰から芝蔵の賭場である仕舞屋に目をむけていた。ここに身をひそめて賭場を見張るようになって、四日目である。まだ、清水は姿を見せない。もっとも、ふたりがこの場にいるのは、賭場のひらく夕方から五ツ（午後八時）ごろまでなので、そう長い間ではない。

「旦那、元締めからの話を聞きましたかい」

彦六が言った。

「熊八が殺されたことか」

「やつら、あっしらのことをつかんだようですぜ。元締めは、塒までつかまれたかもしれねえから用心しろ、と言ってやしたぜ」

「そうらしいな」

右京は抑揚のない声で言った。島蔵からの使いで、その話を聞いたときも驚きはなかった。殺し人をつづけている以上、いつ相手に襲われてもいい覚悟はできていたのである。

「あっしは、長屋に帰らねえようにしてやすぜ」

彦六は、情婦《おんな》のとこへもぐり込んでまさァ、と、目を剝き口をとがらせた。いつもの剽げた顔である。

「…………」

右京は返事をせず、笹藪の間から仕舞屋の方に目をやった。

辺りは淡い夜陰につつまれ、仕舞屋から灯が洩れていた。戸口のところに、尻っ端折りに草履《ぞうり》履きの若い男がふたり屈み込んでいた。芝蔵の子分らしい。下足番でもしているのであろう。

いっとき、彦六も口をつぐんで、仕舞屋に目をむけていたが、また飽きてきたらしく、

「旦那、聞いてやすぜ」

と、右京に顔をむけて言った。

「何を聞いているのだ」

「旦那のむかしの女のこと。自害なすったんですってねえ」

彦六が神妙な顔をして言った。

おそらく、島蔵から話を聞いたのだろう。右京は殺し人になるとき、雪江とのことを話していたのだ。

右京は相手にしなかった。雪江とのことは、済んだことだった。

「旦那が、安田の旦那の娘に手を出さねえのは、むかしの女のことがあるからなんでしょう」

彦六が小声で訊いた。

「いらぬことだ」

右京はつっぱねるように言った。雪江のことは話したくなかった。

「旦那、女はねえ、抱かれちまうと男のいいなりになっちまうんですよ。言いたかねえが、あっしのまわりの女は、どいつもこいつもひでえもんだ」

彦六は視線を足元に落として、つぶやくような声で言った。顔から剽げた表情が消え、悲痛の翳《かげ》がおおっている。どうやら、自分のむかしの女のことを思い出したらしい。

「親父は、あっしが七つのときに屋根から落ちて死にやしてね。あっしは、お島《しま》ってえおふくろに育てられたんでさァ」

彦六がしんみりした口調で言った。

「…………」

右京は他人の身の上など聞きたくなかったが、彦六が勝手にしゃべりだした。

彦六の父親は屋根葺《ふ》き職人だったが、雨の日に屋根に上がり、滑って落ちて死んだという。残された母子が生きていくために、お島は近くの飲み屋に働きに出るようになった。

「そこまでは、お涙頂戴の苦労話だったんですがね。おふくろは、子供の目にもひでえ女だったんで」

お島は酌婦だったが、平気で肌も売った。酔って長屋に帰ってくることは連日だったが、そのうち長屋にも男を連れてくるようになった。

「初めは、あっしを家の外に出して、男に抱かれてやしたが、そのうち、あっしの目の前でも、平気で肌をさらすようになりやしてね。その様子を見て、あっしはおふくろが食うために嫌々やってるんじゃァねえと思いやした。餓鬼《がき》の目にも、おふくろが喜んで男に抱かれているのが分かったんでさァ」

「うむ……」

右京は聞いているしかなかった。

彦六は、話をつづけた。

「あっしが十三のときだった。おふくろは、暗くなってから長屋を出たまま帰《けえ》ってこなかった」

その夜、お島は泥酔して大川に嵌《は》まって水死したという。

ひとりになった彦六は、むかし親父が働いていた親方の世話で、鳶政《とびまさ》という鳶の親分の許に引き取られて若い衆として置いてもらうことになった。情け深い親分で、孤児の彦六を哀れに思ったのか、かわいがってくれたという。

「あっしが、十八のときのことだ。親分のところに、おまきってえ十七の娘が女中奉公してやしてね。あっしと境遇が似てたこともあって話をするうち、惚れちまったんでさァ。おまきもまんざらでもないようだったんで、親分に話すと、いっしょになっていいと言ってくれやした」

「よかったではないか」

「ところが、旦那、このおまきが、あっしのおふくろと同じような売女《ばいた》だったんですよ」

おまきは彦六だけでなく、鳶の若い衆ふたりともできていて、彦六が所帯を持ちたいと言うと、

「なに馬鹿なこと言い出すのよ。あたしは、利根吉《とねきち》さんと肌を許した仲なんだよ」

そう言って、おまきは彦六のことを嘲笑した。利根吉は二十歳、彦六の兄貴格の男である。

しかも、それだけではなかった。仲間の話から、おまきが房蔵《ふさぞう》という別の若い衆ともできていることも知った。

彦六がおまきに袖にされたことを知った鳶の仲間は、おもしろがって彦六を揶揄《やゆ》した。彦六は惚れた女に捨てられた上に、鳶の若い衆としての顔もつぶされたのである。

彦六は、おまきを殺してやりたかった。だが、自分のことをかわいがってくれた親分のことを思い、我慢して親分の許を飛び出した。

「あっしも、餓鬼だったんでさァ」

「それでどうした?」

「あとはもう、悪のやり放題で。……もっとも、まともにやってりゃァ飢え死にするだけ

でしたからね。そのうち、地獄屋に流れ着き、閻魔さまに拾われたんでさァ」

彦六が自嘲するように話した。

「それで、いまも独りなのか」

彦六は情婦のところにいると言っていたが、決まった宿があるわけではないだろう。

「へえ」

「女も色々だ。心のやさしい女もいると思うがな」

「旦那、女なんてみんな同じでさァ。抱かれちまえば、猫や犬と変わらねえ」

「うむ……」

右京はそれ以上言わなかった。ここで、彦六と女について話す気などなかったのである。

いっとき、ふたりは黙っていたが、右京が先に口をひらいた。

「それで、寸鉄はどこで覚えた」

右京は町人が手にするような武器ではないと思っていたのだ。

「賭場の親分の使い走りをしてたころ、上州から流れてきた渡世人が持ってるのを見やしてね。あっしに合ってると思いやして、てめえで作り、遣い方も工夫したんでさァ」

「そうか」

彦六は鳶をやっていたこともあって身軽だった。一瞬の動きも捷《はや》い。寸鉄は彦六にもってこいの武器かもしれない。

「つまらねえ、話をしちまった」

彦六が立ち上がり、大きく伸びをした。

「清水は、今夜も姿を見せぬな」

右京も立ち上がった。

五ツ（午後八時）ごろだった。これから清水が賭場へ来るとは思えなかった。

「どうだ、彦六、一杯やっていくか」

彦六の身の上話を聞いたせいかもしれない。右京は、彦六も悪い男ではない、と思ったのだ。

「ありがてえ」

彦六が口をとがらせて目を剝いた。いつもの彦六にもどったようである。

6

頭上に十六夜《いざよい》の月が出ていた。大気が澄んでいるせいか、皓々《こうこう》とかがやいている。静かな夜である。

右京と彦六は細い路地を通って千住街道へ出た。ふたりは浅草《せんそう》寺の方へむかって歩いた。浅草寺の門前近くに、料理屋や飲み屋などが軒を連ねている賑やかな通りがいくつかあったので、手頃な店を見つけて入ろうと思ったのである。

千住街道には、ぽつぽつと人影があった。足元のさだまらない酔客、夜鷹そば、箱屋を連れた芸者、それに下卑た笑い声を上げているのは、これから浅草界隈に繰り出す若者たちらしい。

右京と彦六を尾けていく男がいた。闇にとける黒羽織と焦茶《こげちゃ》の袴で、二刀を帯びていた。合田一味のひとり、峰岸武左衛門である。

峰岸は芝蔵の賭場付近に身をひそめていて、右京と彦六が藪の陰から小道に出たときに、その姿に気付いて跡を尾けてきたのだ。

これは合田の指示だった。

「芝蔵の賭場付近に、極楽屋の者が清水の命を狙ってあらわれるはずだ。まず、そやつを見つけて返り討ちにしてくれよう」

合田はそう言って、峰岸と前川に交替で見張るように命じたのである。

峰岸は物陰や軒下闇をつたいながら、右京と彦六を尾けていく。ふたりの行き先をつきとめ、合田に知らせようと思っていた。合田のいる今戸町は浅草寺の先だが、それほど遠くではない。

右京と彦六は駒形《こまがた》堂の前を過ぎたところで、左手の路地へ入った。賑やかな通りで、飲み屋や小料理屋などが軒を連ねている。

しばらく歩いたところで、彦六が足をとめ、

「旦那、あそこはどうです」

と、小料理屋の格子戸を指差しながら言った。掛け行灯にひさご屋と記してあった。

「馴染《なじ》みなのか」

右京は彦六の口振りから初めての店ではないような気がしたのだ。

「いえ、一度寄ったことがあるだけで」

「いいだろう」

右京は、騒がしい店でなければどこでもいいと思っていた。

静かな店だった。客筋がいいらしい。ちいさな店にしては客が多かったが、猥雑《わいざつ》な感じがしなかった。女将《おかみ》はお浜《はま》という年増で、彦六のことを覚えていたらしく、座敷を頼むと奥に案内してくれた。

奥の座敷に腰を落ち着け、女中が運んできた酒を酌み交わした後、

「旦那、今度の殺しは清水を殺《や》っただけじゃァ済まないようですぜ」

と、彦六が声をひそめて言った。

「そうかもしれん」

「合田というやつが、一味を束ねてるらしいですぜ」

「うむ……」

右京も、平兵衛から合田という一刀流の遣い手の許に清水をはじめ何人かが集まって、富樫家や相模屋などを強請《ゆす》っているらしい、と聞いていた。平兵衛によると、島蔵の手下の熊八を殺したのもその者たちで、地獄屋の殺し人の命を狙っているらしいという。

「こうなると、地獄屋と合田一味の喧嘩《でいり》ですぜ」

彦六が右京の顔を見すえて言った。双眸が殺し人らしいするどいひかりを宿している。

「喧嘩か」

彦六らしい言い方である。

「へい、勝つか負けるか。やるしかかねえ」

彦六の声が昂ってきた。

「いずれにしろ、おれたちは清水を始末するしかないのだ」

相手が何者であれ、まず目の前の敵である清水を斬るしかなかった。そのためには、清水の遣う霞落しを破らねばならない。

そのころ、峰岸は自邸の仕舞屋で、合田と顔を合わせていた。右京と彦六がひさご屋に入ったのを確認してから今戸町へ駆けもどったのである。

「お師匠、それらしい男がふたり、姿をあらわしました」

そう切り出し、芝蔵の賭場ちかくからふたりの男を尾け、ふたりが駒形町の小料理屋に入ったことまでをかいつまんで話した。

「そのふたりは、武士か」

合田が立ち上がって訊いた。

「ひとりは若い武士、ひとりは小柄な町人でした」

峰岸がふたりの風体を話した。

「まちがいない、清水たちを狙っていたやつらだ。小関を斃《たお》したのは、そのふたりであろう」

「どうします？」

峰岸が訊いた。

「いま、そのふたりは小料理屋にいるのだな」

「いるはずです」

「このまま見逃す手はないな」

合田の双眸がひかった。

「清水どのたちに、知らせますか」

「その間はあるまい」

合田は、清水が住居を変えて下谷の長者町《ちょうじゃ》の長屋にもぐり込んでいることを聞いていた。ふたりが小料理屋で飲んでいるにしろ、清水を呼んでくる余裕はないはずだ。

「わしが、武士を斬る。おまえは、町人体の男を討て」

相手のふたりは酔っているはずだった。合田は峰岸とふたりで斬れると踏んだ。

「分かりました」

峰岸が眦《まなじり》を決して言った。峰岸も一刀流の遣い手なのである。

「案内《あない》せい」

声を上げ、合田が二刀を腰に帯びた。

7

「女将さん、また寄らせてもらうぜ」

見送りに出たお浜に、彦六が機嫌よく声をかけた。

右京と彦六はひさご屋を後にして、小料理屋や飲み屋のつづく通りへ出た。四ツ（午後十時）ごろだったが、まだ通りには人影があった。飄客《ひょうかく》や芸者などが行き交い、店先では白首女が客の袖を引いている。店の灯が路地に落ち、嬌声、酔客の哄笑、三味線の音などがさんざめくように聞こえていた。

その猥雑な路地を抜けて千住街道に出ると、急に静かになった。人影もほとんどない。辺りの闇が深くなり、頭上の星が降るようにかがやいている。

「旦那、いい月夜ですぜ」

彦六が頭上を見上げて言った。

澄んだ夜空に、十六夜の月がぽっかりと浮かんでいる。風のない静かな夜だった。

「あっしと旦那は、よく似てやすね」

彦六が月を見上げながら言った。声に感傷的なひびきがある。

彦六の顔はすこし赤かったが、酔っているふうでもなかった。足もしっかりしている。右京もそうだったが、彦六も合田一味のことが頭にあって、酔うほどは飲まなかったのであろう。

「何が似ているのだ」

右京が訊いた。

「そっくりじゃァねえですか。女に捨てられて独りになり、地獄屋に流れ着いて、人を殺して生きている」

「うむ……」

そう言えば、よく似ている、と右京は思った。

「このことは、まだ話してねえが、あっしとおまきとのかかわりは、親分のところを飛び出しただけじゃァ終わらなかったんですぜ」

彦六が、また話し出した。

右京は黙って聞いていた。彦六は、胸に秘めていることをだれかに聞いてもらいたいようなのだ。

彦六が鳶の親分の許から飛び出した後、おまきも鳶政にいられなくなって女中の勤めをやめたという。

「おまきはどうしょうもねえ淫売女で、ほかの若い衆にも手を出し、それがばれて、利根吉と房蔵にも捨てられたんでさァ」

彦六はサバサバした口調で話した。

その後、彦六はおまきの噂を聞かなかったが、鳶政を出た数年後、大川端を歩いているとき、偶然おまきと出会った。

その夜、彦六は賭場で目が出て、懐が暖かかった。飲み屋でしこたま飲み、女を抱きたくなって夜鷹でもいそうな深川の大川端を歩いていたのだ。

彦六は柳の陰に立っている女を目にして声をかけた。それが、おまきだった。はじめは彦六もおまきも相手に気付かなかった。

女がかぶっていた手ぬぐいをはずしたとき、彦六が気付いた。

「おめえは、おまき……」

突然のことで、彦六は次の言葉が出なかった。

一瞬、おまきも驚いたようだったが、

「あら、彦六さんじゃァないの。遊んでくなら、むかしのよしみで、たっぷり楽しませてやるよ」

と、けろりとして言った。

「そんとき、おまきを突き飛ばして逃げりゃァよかったんだが、あっしも酔ってたもんで、ついふらふらっと……」

彦六がおまきを抱くというより、抱かれたといったほうが合っていた。

おまきは、叢に敷いた茣蓙《ござ》の上で豊満な肉体をおしげもなく晒《さら》し、彦六の体を弄《もてあそ》ぶように執拗《しつよう》にまさぐった。

おまきの笑っているような喜悦の顔が月明りに浮かび上がったとき、彦六の脳裏でおまきの顔と母親のお島の顔が重なった。

彦六の体をまさぐっているのは、おまきではなく母親のお島だった。彦六は頭から冷水でもかけられたように情欲が失せた。

彦六が力の抜けた体を茣蓙の上に投げ出すと、

「もう、終わっちまったのかい。だらしないねえ」

そう言って、おまきは彦六から体を離し、嘲笑を浮かべながら身づくろいを始めた。

彦六は茣蓙の上に裸体をさらけ出したまま呆然としていた。胸の内で、激しい嫌悪と憎悪が渦巻いていた。

そのとき、彦六はおまきが屈み込んで何かしているのに気付いた。彦六の着物を手にして何か探している。

「おまき、何してる」

彦六は起き上がった。

おまきは、彦六の巾着《きんちゃく》を手にしていた。

「もらっとくよ。楽しませてやったんだから、文句はないだろう」

おまきは巾着ごとふところにねじ込み、振り返って彦六を見ると、白い歯を出して笑った。その顔が、彦六の目に鬼女のように映った。

ふいに、胸のなかで何かがはじけたような気がした。頭のなかが真っ白になり、自分が何をしているか、分からなくなった。

彦六は着物の袂に入れておいた作ったばかりの寸鉄を手にすると、獣の吠えるような声を上げておまきに飛びかかり、盆の窪に突き刺した。彦六の一撃は、おまきの首を刺し貫いた。

グッ、と喉のつまったような呻き声を上げ、おまきがのけ反った。一瞬、おまきは目をつり上げ、口をあけて何か叫ぼうとしたが、声にはならなかった。

おまきは、両手を前に突き出して虚空の闇をつかもうとするかのように指を震わせていたが、すぐに仰向けに倒れた。

ほとんど出血はなかった。白目を剝き、四肢を震わせていたが、やがて動かなくなった。

彦六はおまきの死体を引きずって運び、莫蓙といっしょに大川に捨てた。

「あっしが、寸鉄を遣って殺しをやるようになったのは、それからなんでさァ」

そう言って、彦六が口元に自嘲するような笑いを浮かべた。

「似てるな。おれとおまえは……」

右京がつぶやくような声で言った。

右京も、滝沢を斬殺しなかったら殺し人にはならなかっただろう。金に困ったこともあるが、一度私怨で人を殺すと真っ当には生きられないような気になるのかもしれない。

そのとき、ふいに彦六が足をとめた。

「旦那、だれかいやすぜ」

前方の夜陰を見つめながら言った。

見ると、浅草御蔵の手前の表店の角に黒い人影がある。二刀を帯びているのが分かった。武士である。

「あっしらを狙っているのかもしれやせんぜ」

彦六が目をひからせた。

「だが、ひとりだ。それに、清水ではないようだ」

巨軀ではなかった。中背である。

「なめやがって、ひとりで、あっしらふたりを相手にする気かい」

彦六は両袖をたくし上げた。

右京も足をとめなかった。何者か分からぬが、彦六とふたりなら後れをとることはないと踏んだのである。

8

「彦六、もうひとりいるぞ」

右京が言った。

中背の男と道をへだてた反対側の天水桶の陰に人影があった。やはり二刀を帯びた武士体である。やや長身だが、痩せた感じがした。清水とはちがうようだ。すでに、袴の股立を取っている。狙いは、右京たちとみていい。

「旦那、やりやしょう。むこうがふたりなら、こっちもふたりだ」

彦六は寸鉄を取り出して右手に持った。臆した様子はなかった。殺し人らしい凄味のある顔に豹変している。

「分かった」

右京はすばやく袴の股立を取った。

道の両側から、ふたりの武士がゆっくりとした足取りで通りへ出てきた。鼻から顎にかけて黒布でおおっている。小袖と袴姿だった。牢人ではない。御家人か江戸勤番の藩士といった感じがした。

右京は左右から近付いてくるふたりに目をやった。

——ふたりとも、遣い手だ！

右京は、かなり武芸の修行を積んだ者とみてとった。

中背の武士はやや撫で肩で腰が据わっていた。身辺に中年らしい落ち着きがある。合田である。一方、右手からの武士も歩いてくる姿に隙がなかった。こちらは峰岸だった。むろん、右京はふたりの名は知らない。

「彦六、右手の男を頼む」

右京は、峰岸の方が相手しやすいと読んだのである。

彦六は黙ってうなずいた。寸鉄を右手に隠したまま峰岸に近寄っていく。

ふいに、彦六が峰岸にむかって疾走した。

峰岸が抜刀し、腰を沈めて青眼に構えた。隙のない構えである。

彦六が疾走するのとほぼ同時に右京は抜刀し、足早に合田に迫った。

合田も刀を抜き、間を寄せてきた。ふたりの刀身が月光を反射《はね》て銀蛇のようにひかり、夜陰のなかで引き合うように迫っていく。

右京との間合が五間ほどにつまったとき、合田が上段に構えた。一瞬、右京は上段霞かと思ったが、右諸手《もろて》上段だった。

合田は全身から痺れるような剣気を放射していた。右京を見すえた双眸が猛禽のようにひかっている。

――手練だ！

右京の背筋を冷たい物が撫でてとおったような感触が走り、鳥肌が立った。

切っ先で天空を突くように刀身を立てて構えている。中背だが、大樹のような大きな構えだった。覆いかぶさってくるような威圧がある。

右京は切っ先を敵の左拳につけた。右諸手上段に対応するための構えである。

合田が足裏をするようにして、ジリジリと間合を狭めてきた。右京は引かなかった。両者の間合がしだいに狭まってくる。

彦六は疾走しざま、峰岸にむかって右手を振り上げた。手には寸鉄が握られている。

彦六が斬撃の間に踏み込んだ瞬間、峰岸が青眼から刀身を逆袈裟に撥ね上げた。利那、彦六が右手に跳ねた。野犬のような敏捷な動きである。

彦六の動きを追い、峰岸が二の太刀をふるった。間髪を入れず、彦六が体をひねりながら寸鉄を振り下ろす。

彦六の寸鉄が峰岸の左肩をとらえた。

が、次の瞬間、彦六の腹部に強い衝撃が疾った。

――腹を裂かれた!

と、彦六は感じた。だが、それほどの痛みはなかった。

彦六は後ろに跳ね飛んだ。一瞬、体が大きくよろめいた。足が動かない。両膝がまがり、下半身が別人のようだった。

腹を見た。着物が裂け、臓腑《ぞうふ》が覗いている。彦六は腹を押さえて、よろよろと歩いた。

峰岸は追ってこなかった。左肩が真っ赤に染まっている。峰岸は刀をふるった手応えから、彦六を仕留めたと思ったのか、それとも左肩の傷で刀がふるえないのか。刀身をだらりと垂らし、その場につっ立っている。

彦六はよろめきながら夜陰のなかへ逃れた。

そのとき、右京は合田と対峙していた。すでに、合田は一足一刀の間境の手前に迫っていた。

右京は押し潰されるような威圧を感じたが引かず、気を鎮めて敵の斬撃の起こりをとらえようとしていた。

右京には清水の霞落しに対しているような意識があり、平兵衛の虎の爪と対峙したときの感覚がよみがえっていたのである。

合田の寄り身がとまった。やや遠い間合である。だが、右京はこの遠間《とおま》が、この男の上段の間合だと感知した。

いっとき、合田は斬り込む気配を見せながら気魄でせめていたが、ふいに左手の拳が、ピクッ、と下がり、全身に斬撃の気が疾った。

——来る！

察知した瞬間、右京は右に体をひらきながら籠手《こて》を放った。

合田の斬撃が真っ向にきた。凄まじい斬撃である。

だが、右京が右に体をひらいたため、左肩先を浅く裂かれただけである。

右京の切っ先も、合田の右手首を浅くとらえていた。

ふたりは、交差し、大きく間合をとって反転した。右京の着物の肩先が裂けて、血が滲《にじ》んでいた。一方、合田の手首からも血が流れている。

「なかなかやるではないか」

合田の目が細くなった。笑ったようである。

右京はふたたび青眼に構えた。

そのとき、右京は視線を彦六の方に投げた。彦六の姿がない。峰岸が抜き身をひっ提げたまま近寄ってくる。

――彦六は逃げたのか!

右京は後じさった。

逃げねば、と思った。ふたりが相手では、勝ち目がなかった。合田との間合があくと、右京は反転して駆けだした。

「逃げるか!」

合田が追ってきた。峰岸も追ってくるようだったが、その足音はすぐに遠ざかった。手傷を負っているらしい。

右京は懸命に走った。一町ほど走ると、追ってきた合田の足音もとまった。追うのをあきらめたようである。

右京は浅草御蔵の前を走り抜け、瓦町《かわら》へ入ったところで右手の路地を走り込んで足をとめた。右京は小体な表店の軒下闇のなかに立ちどまり、高鳴る胸の鼓動が静まるのを待っていた。

——彦六は斬られたのではあるまいか。

右京の胸に不安とその場から逃れた屈辱が衝き上げてきた。

辺りは洩れてくる灯もなく、ひっそりと寝静まっている。右京の吐く息だけが深い闇のなかではずんでいた。

9

右京はそのまま岩本町の長屋へ帰る気になれなかった。彦六を放置できなかったのである。彦六は斬られたのか、逃げたのか……。右京は斬られたような気がした。彦六が、右京をそのままにして逃げたとは思えなかったのである。

右京はしばらく軒下に身を隠して時が経つのを待ってから千住街道へ出た。そして、大店の天水桶の陰から駒形町の方に目をやった。人影のない街道が月光に照らされ、白く浮き上がったように見えていた。ふたりの武士の姿はどこにもなかった。

右京は表店の軒下や天水桶の陰などをつたいながら、合田と斬り合った場所へ近付いていった。

やはり、ふたりの武士の姿はなかった。彦六もいない。右京は軒下闇から出て、彦六が峰岸とやり合ったであろう場所へ行ってみた。

――血だ！

月光に照らされた地面に黒い血の痕があった。細い筋となって、浅草御蔵の方へつづいている。彦六の血にちがいない。

筋状の血痕はすぐにとぎれた。右手に稲荷の赤い鳥居があった。鳥居の下にも血痕がある。右京は、すぐに鳥居をくぐった。

奥で呻《うめ》き声が聞こえた。祠の前にうずくまっている人影がある。右京は走った。

彦六である。

「彦六、しっかりしろ！」

右京は背後から肩を抱いて、彦六の体を起こした。

「だ、旦那、腹をやられちまった……。ちくしょう、やろうの肩に寸鉄をぶち込んでやったのに、このざまだ」

彦六が罵《ののし》るような口調で言いつのった。顔は土気色をし、苦悶にゆがんでいた。見ると、着物がどっぷりと血を吸い、押さえた手の間から、深く裂けた傷口が覗いている。

――このままでは助からない。

右京は彦六を極楽屋に連れて行こうと思った。島蔵なら、彦六を助けることができるかもしれない。

ただ、極楽屋までは遠い。歩くのは無理である。右京は舟を使おうと思った。大川がすぐ近くを流れている。舟に乗せれば、大川から掘割をたどって極楽屋の前まで行ける。

右京は切っ先で自分の着物の肩口から片袖を裂き、彦六の腹に押し当てた。

「彦六、おれの肩に腕をまわせ」

右京は、なんとか川端まで彦六を連れて行こうとした。

「だ、だめだ、おれはもう助からねえ」

彦六は泣きだしそうな顔をした。

「しっかりしろ、元締めなら何とかしてくれる」

右京は彦六の片腕を取って肩にまわした。

「い、痛《いて》え！」

彦六は声を上げ、残った片手で腹を押さえた。苦しそうに顔をゆがめたが、足をひきずるようにして歩きだした。

浅草御蔵のそばに御厩河岸《おうまやがし》と呼ばれる渡し場があった。桟橋に何艘かの猪牙舟が舫《もや》ってある。右京は彦六を桟橋から舟に乗せ、舫い綱をはずして漕《こ》ぎ出した。

大川に船影はなかった。滔々《とうとう》とした流れがひろがっている。川面の波の起伏に月光が映《み》じ、無数の巨大な蛇が鱗《うろこ》をひからせて身をくねらせているように見えた。流れの音と水押《お》しが水面を切る音だけが、ふたりをつつんでいる。

「だ、旦那ァ……」

船底に横になった彦六が、絞り出すような声で言った。

「どうした」

艪《ろ》を漕ぎながら右京が訊いた。

「ま、まゆみは、いい娘《こ》ですぜ」

彦六の声は苦しげにかすれていた。

「しゃべるな。腹をしっかり押さえてるんだ」

すこしでも出血を抑えねばならない。

いっとき、彦六は口をつぐんでいたが、また口をひらいた。

「旦那、まゆみをものにしてえなら、抱くことですぜ。女なんてえなァ、抱いちまえば、こっちのもんだ……」

語尾が聞き取れないほど弱くなった。右京に話しかけるというより独り言のようだった。

「分かった、分かった。まゆみどののことは、おまえの傷が治ってから考える」

右京は懸命に艪を漕いだ。

彦六の声が聞こえなくなった。うずくまった体から、かすかな呻き声が洩れている。

舟は大川を下り、仙台堀へ入った。このまま進めば、極楽屋のそばまで行ける。

仙台堀にかかる要橋の下をくぐると、夜陰のなかに極楽屋が見えた。店先からかすかに灯が洩れている。まだ、飲んでいる男がいるようだ。

右京は仙台堀から極楽屋の前につづく細い掘割に舟を入れ、岸辺にとめた。

「彦六、着いたぞ」

声をかけたが、反応がない。

「彦六、どうした！」

右京は彦六のそばに身を寄せた。うずくまったまま動かない。呻き声も、息の音も聞こえなかった。

右京は彦六の肩をつかんで身を起こした。

死んでいた。

月光に浮かび上がった彦六は、目を細め、口をとがらせていた。おどけの彦の顔である。苦悶のために、一瞬顔をしかめたのであろう。だが、右京には、彦六が見せた最期のおどけのような気がした。

第五章　月下の死闘

1

本堂の床下から、こおろぎの細い鳴き声が聞こえてくる。

まだ、西の空に陽があって境内は明るかったが、本堂の床下には淡い夕闇が忍んできていた。静かだった。境内は閑寂として、そよという風もない。

平兵衛は階に腰を下ろし、流れる汗を手ぬぐいで拭いていた。平兵衛が妙光寺に来て、一刻（二時間）ほどになる。これから闘うであろう合田一味を想定し、敏捷な動きと虎の爪の勘を取り戻すために真剣を振り、剣の工夫をしていたのである。

一休みしてから、もう一汗かこうと思い愛刀の来国光を手にして立ち上がったとき、山門に人影があらわれた。

孫八である。小走りに、平兵衛のそばに近寄ってきた。

「何か知れたか」

平兵衛が訊いた。

「へい、岡崎の塒が知れやした」

孫八が目をひからせて言った。

平兵衛は島蔵から、岡崎が柳橋の扇屋の桃江という座敷女中に入れ込んでいて、いままも店に顔を出す、と聞き、孫八に話して扇屋に張り込んでもらったのだ。

「どこだ」

「神田須田《すだ》町の伝兵衛店《でんべえだな》。近所の者の話では、まだ越してきて間もないそうで」

孫八によると、ここ三日ほど扇屋の店先に張り込み、岡崎らしい牢人があらわれるのを待ったという。

孫八は岡崎を見ていなかったが、長身で猫背と聞いていたので、それらしい牢人が店から出てくるのを目にして跡を尾けた。そして、須田町の伝兵衛店に入ったのを確認し、近所の住人から聞き込んで岡崎であることが分かったのだという。

「すぐにも仕留めたいが……」

平兵衛は、右京から彦六が殺されたときの様子を聞いていた。合田一味は、右京と彦六を待ち伏せて襲ったようなのだ。合田一味が、平兵衛たち殺し人を皆殺しにするために動きだしたとみねばならない。おそらく、熊八を拷問し、殺し人たちの名や住処を聞きだしたのであろう。今後、右京はもちろんのこと平兵衛や孫八も狙ってくるはずだった。敵の襲撃を待ってはいられない。殺られる前に殺る。それが、殺し人として生きていくための鉄則だった。

「今夜にでも仕掛けますかい」

孫八が言った。

「これを、見てくれ」

そう言うと、平兵衛は手をひらいて孫八の前に突き出した。震えていなかった。殺しを意識すると震えだす手が、まだ震えていなかった。

「わしの体が、まだ仕掛けるのは早いと言っておるのだ」

「へえ……」

孫八は、戸惑うような顔をした。孫八も、いざ殺しを仕掛けようという段になると、平兵衛の体や手が震えだすことを知っていたが、返事のしようがなかったのだろう。

「仕掛ける前に、相手が見たいのだ」

殺しに取りかかるまで、平兵衛はことのほか慎重だった。相手の腕も分からないうちに、仕掛けるようなことはしなかった。だからこそ、この歳になるまで生き延びたともいえる。手の震えがないということは、体がそのことを知っていて、まだ仕掛けるのは早い、と平兵衛に訴えているのである。

「分かりやした。それじゃァこれから行きやすか」

孫八が訊いた。

「これからでは、暗くなるぞ」

須田町までそれほど遠くはなかったが、夜になることはまちがいなかった。

「近所の者によると、岡崎のやつ、暗くなると近くの店に酒を飲みに出るそうでしてね。ちょうどいい頃合ですよ」

孫八によると、長屋につづく路地木戸のそばに見張っていれば、岡崎が姿をあらわすだろうという。

「いいだろう」

平兵衛は庄助長屋にもどらず、このまま須田町へ行こうと思った。下手な虚言を言い置いて長屋を出れば、かえってまゆみを心配させるだけだろう。

ふたりが須田町に入ったのは、暮れ六ツ（午後六時）を過ぎて、しばらく経ってからだった。まだ上空に明るさが残っていたが、町筋は夜陰につつまれている。どの表店も板戸をしめて、通りはひっそりとしていた。人影はなく、ときおり提灯を手にした男や夜鷹らしい女などが、足早に通り過ぎていくだけである。

「旦那、あそこで」

孫八が道端に足をとめて指差した。

軒先に足袋《たび》屋の看板の下がった店の先に路地木戸があった。そこが、伝兵衛店につづく木戸らしい。

「あそこで、待ちやすか」

路地木戸の斜向かいが狭い路地になっていた。角の板塀に身を寄せていれば、路地木戸を見張れそうである。

ふたりは、板塀の陰に立った。そこは闇が濃く、凝《じっ》としていれば通りかかった者も気付かないだろう。

「半刻（一時間）ほどして出てこなけりゃァ、あっしが長屋にもぐり込んでみますよ」

孫八は、尾行した日に岡崎の部屋も遠くから目にしておいたという。抜け目のない男である。

時とともに、夜陰が濃くなってきた。星空だったが、月が雲に隠れているらしい。この暗さだと、岡崎があらわれても人相までは分からないだろう。

平兵衛たちがひそんで小半刻（三十分）ほどしたとき、草履の音がして路地木戸から黒い人影があらわれた。

「出てきやしたぜ」

孫八が声を殺して言った。

長身だった。大刀を一本落とし差しにしている。牢人体であることも分かった。岡崎にまちがいないだろう。

「うむ……」

平兵衛は、岡崎の歩く姿を凝視した。

だが、ぼんやりと長身の人影が識別できるだけだった。これでは、肝心の腕のほどが分からない。

「尾けてみよう」

平兵衛は飲み屋の灯で、岡崎の姿をはっきり見ることができるのではないかと思ったのだ。

ふたりは岡崎をやり過ごし、二十間ほど距離を取り、足音を忍ばせて尾け始めた。

岡崎は細い路地から表通りへ出て八ツ小路の方へむかった。

そのとき、ふいに辺りが明るくなった。雲間から月が顔を出したのである。岡崎の後ろ姿が、月光に浮かび上がった。

長身でやや猫背だった。肩幅がひろく、腰がどっしりしている。武芸で鍛えた体であることは見てとれた。歩く姿にも隙がない。

——なかなかの遣い手らしい。

一刀流を遣うのだろう。

だが、後ろ姿だけでは、それ以上のことは分からなかった。あの男の反応を見てみたい、と平兵衛は思った。

「孫八、後ろからやつの脇を走り抜けてみてくれ」

平兵衛は、二間以上の間を取って、走り抜けるよう念を押した。万一ということもある。居合の心得でもあれば、抜き打ちに斬られかねないのだ。

「承知しやした」

孫八は、すぐに駆けだした。

2

ト、ト、ト、と孫八の足音が夜陰にひびいた。
岡崎は背後からの足音に気付いたらしく、足をとめて振り返った。孫八の姿を見ると、すぐに路傍に身を寄せた。右手を刀の柄に添え、左手で鯉口《こいぐち》を切ったようだ。

平兵衛は岡崎の動きと身構えを凝視している。

岡崎は孫八に目をやりながら、やや腰を沈めて抜刀体勢を取った。顎を前に突き出し、上体が前に折れている。

——肩に凝《こ》りがある。

と、平兵衛は看破した。

急激に気が高揚し緊張で体が硬くなって肩に力が入っているのだ。体の硬さと肩の凝りは、敏捷な抜刀と体捌きをさまたげる。

そのとき、孫八は急に岡崎の立っている場所と反対側の道際に向きをとった。岡崎との距離を大きく取って追い越そうとしたのである。

フッ、と岡崎の体から緊張が消えた。腰が伸び、刀の柄に添えていた右手を脇に下ろした。孫八が距離を取ったことで、敵意はないと思ったようだ。

孫八は顔を岡崎に見せないように脇を向いたまま追い越した。その後ろ姿が、夜陰に遠ざかっていく。

岡崎は何事もなかったように道のなかほどにもどって歩きだした。

平兵衛は表店の軒下闇に身を隠して岡崎の様子を見ていたが、やがてゆっくりと岡崎の跡を尾けて歩きだした。

岡崎は三町ほど先の縄暖簾を出した飲み屋に入っていった。腰高障子に、亀屋《かめや》と記してあった。何人かの客がいるらしく、男の濁声や哄笑などが聞こえてくる。

平兵衛が亀屋の店先近くまで行くと、孫八が駆け寄ってきた。

「旦那、どうですかい」

孫八が訊いた。

店先で話すわけにもいかなかったので、平兵衛は来た道を引き返しながら、

「あの男なら斬れる」

と、声を殺して言った。孫八は後ろから跟《つ》いてくる。

「それじゃァ明日にも」

「いや、今夜やろう」

平兵衛は明日出直すまでもないと思った。岡崎は亀屋で飲んだ後、長屋にもどるはずである。その道筋も、いま見てきた。町家のつづく通りだが、道の両側が板塀や空地になっている場所もある。それに、人通りはほとんどなかった。人目に触れずに、岡崎を始末できるはずである。

「ですが、旦那の酒の用意をしてねえ」

孫八が困ったような顔をした。

「孫八、見ろ。わしの体は酒を欲しがっておらぬ」

平兵衛は右手を孫八の前に出し、指をひらいて見せた。

かすかに震えていた。だが、斬り合いに支障はない。昂《たかぶ》りはあったが、体が硬くなってもいなかった。平兵衛は、酒の力を借りずに岡崎を斃せると踏んだのだ。

「帰りの道筋で待ちますかい」

「そうしよう」

平兵衛は道の左右に目をやりながら歩いた。仕掛ける場所を探したのである。

「ここがよさそうだ」

通りの右手が仕舞屋の板塀、左手が空地になっていた。しかも、空地の一部に芒《すすき》や笹などの丈の高い雑草が繁茂していた。そこへ、岡崎を引き込むこともできる。

平兵衛は、できれば岡崎の命を奪う前に、合田一味のことを聞き出したいと思っていた。相手の人数や住処が分かれば、先に仕掛けやすくなるのだ。

平兵衛と孫八は、空地の芒の密集した陰に身を隠した。周囲からすだくように虫の音が聞こえてきた。大気に冷気があったが、寒いほどではない。

「しばらく、待たねばならぬな」

平兵衛と孫八は芒を地面に倒し、その上に腰を下ろした。

「張り込むには、いい夜ですぜ。虫がうるせえが、蚊がいねえし風もねえ」

孫八が首をまわして周囲を見まわしながら言った。

「そうだな」

ふたりを丈の高い芒がとりかこんでいた。通りから身を隠してくれるし、まわりの芒が大気の流れを遮るためか、ほんわりと暖かい感じがした。

それから、一刻（二時間）ほどもしたろうか。通りの先で、かすかな足音がした。

「だれか、来やしたぜ」

孫八が立ち上がって首を伸ばした。

「やつだ！」

「よし、念のため、岡崎の後ろへまわってくれ」

平兵衛も立ち上がった。

「承知しやした」

孫八は音をたてないように、そろそろと雑草のなかを歩き、笹藪の後ろをまわって移動した。

岡崎の姿が月光のなかに浮かび上がっていた。しだいに近付いてくる。酔っているようには見えなかった。足取りもしっかりしている。平兵衛は音をたてないように芒を分け、通りへ近付いた。

岡崎が十間ほどに迫ったとき、ふいに平兵衛が走りだした。ザザザッ、と叢を分ける音がし、平兵衛の黒い姿が空地から通りへ飛び出した。

岡崎は、ギョッとしたように立ちどまった。一瞬、野犬でも飛び出してきたと思ったらしく、すぐに刀の柄に手を伸ばして身構えた。

平兵衛は抜刀した。月光を反射《はね》た刀身が白銀のようにひかり、岡崎に迫っていく。

「うぬは、殺し人か！」

岡崎がひき攣《つ》ったような声を上げて刀を抜いた。

平兵衛は無言だった。逆八相に構えると、一気に岡崎との間をつめていった。虎の爪である。

岡崎は青眼に構えたが、平兵衛の気魄と寄り身の激しさに気圧《けお》されて、後じさった。

イヤアッ！

平兵衛は裂帛の気合を発し、岡崎の正面へ一気に踏み込んだ。

岡崎が身を引いた。腰が浮き、剣尖が死んでいる。

平兵衛がさらに踏み込むと、岡崎は追いつめられ、手だけ伸ばすようにして面へ斬り込んできた。

すかさず、平兵衛は袈裟に斬り下ろし、岡崎の刀身をはじき落とした。肩口ではなく、岡崎の刀を狙ったのである。

岡崎は刀を離さなかったが、体勢が大きくくずれた。

間髪を入れず、平兵衛が岡崎の鍔元へ突き込むような籠手をみまった。

ギャッ！　と叫び声を上げ、岡崎が刀を取り落とした。

腕の肉が裂けた。右の手首から前腕にかけて深くえぐられている。次の瞬間、ひらいた肉の間から血が迸《ほとばし》り出て前腕を真っ赤に染めた。

「動くな！」

平兵衛は切っ先を岡崎の喉元に当てた。平兵衛のいつもの穏やかな顔が豹変していた。唇が赤みを帯び、双眸が炯々とひかっている。殺し人らしい凄味があった。

岡崎は恐怖と激痛に目をつり上げ、体を顫わせている。

すぐに、孫八が岡崎の背後から駆け寄ってきた。手に匕首を持っている。

「こっちへ来な」

孫八が匕首の切っ先を岡崎の脇腹へ当てて、空地のなかへ連れて行こうとした。

「お、おれをどうする気だ」

岡崎が声を震わせて訊いた。

「なに、ちょいと話を聞くだけだよ。嫌なら、ここでブスリとやってもかまわねえぜ」

孫八の声にも、有無を言わせぬ迫力があった。

岡崎は渋々歩きだした。

3

「岡崎助九郎だな」

平兵衛が訊いた。

「そうだ。うぬの名は」

岡崎が苦痛に顔をゆがめながら訊いた。左手で右手の傷口を押さえていたが、指の間から血が滴り落ちている。

「地獄の鬼」

平兵衛が小声で答えた。

「地獄屋の殺し人だな」

「わしのことは、どうでもいい。……おまえは合田道場の門人だな」

「し、知らぬ」

岡崎は憎悪の色を浮かべて、横をむいた。話す気はないようだ。

「わしは地獄の鬼と言ったはずだぞ。孫八、後ろ手に縛り上げろ」

「へい」

孫八はすぐに岡崎の両手を後ろにまわし、細引で縛り上げた。そして、手ぬぐいを出して、岡崎に猿轡《さるぐつわ》をかました。孫八はこんなときのために細引や手ぬぐいをいつも持ち歩いている。

「すこし、痛い目をみねばしゃべる気にはならぬだろう。地獄の鬼の拷問《せめ》を味わってみるがいい」

言いざま、平兵衛は岡崎の足の甲に切っ先を突き刺した。

岡崎はのけ反り、顎を突き上げるようにして猿轡をかまされた口から呻《うめ》き声を洩らした。

「どうだ、しゃべる気になったか」

平兵衛が声をかけると、岡崎は激しく首を横に振った。元結が切れて、ざんばら髪になった。顔が激痛と恐怖でひき攣《つ》っている。

「そうか。次は、ここだな」

平兵衛は切っ先を岡崎の太腿に突き刺した。

岡崎は呻き声を洩らして、激しく身をよじった。切っ先を抜くと、血が迸り出て着物を赭黒く染めていく。

岡崎の顔から血の気が引き、額に脂汗が浮いた。

「わしは、体中突き刺す。しゃべらなければ、それでもかまわぬ。ここに死体を捨てて置くだけのこと。……次は、ここか」

平兵衛は切っ先を岡崎の左の二の腕に当てて、切っ先を突き刺そうとした。

そのとき、岡崎が目尻が裂けるほど目を剝き、首を二度縦に振った。しゃべるという意思表示である。

「早く、その気になれば痛い目をみずに済んだものを。孫八、猿轡を取ってやってくれ」

すぐに、孫八が猿轡を取った。

岡崎は顔を苦悶にゆがめたまま肩を上下させて荒い息を吐いた。顔は土気色をし、唇の端が切れて血が滲んでいた。猿轡をかませられたまま、激しく首を動かしたため切れたらしい。

「もう一度訊く、おまえは合田道場の門人だな」

「そ、そうだ」

岡崎は答えると、下をむいてしまった。肩先が小刻みに震えている。

「おまえたちは、何のために旗本や商家から金を強請ろうとしたのだ」

平兵衛は暮らしの糧《かて》や私欲だけではないような気がした。それに、要求が高額である。

「道場を建てるためだ。われらは、玄武館や練兵館にも負けぬ道場を建て、合田一刀流を天下に知らしめる大望があるのだ。……うぬら、殺し人などにわれらの望みを邪魔されたくはない」

岡崎が吐き捨てるように言った。

平兵衛が聞いていたとおり、道場を建てるために金を集めようとしたようだ。

「脅し取った金で道場を建てても、門弟は集まるまい。剣を志す者は道場の大小より、師を見て選ぶはずだ」

「合田さまも、清水どのも、希代の遣い手だ。集まらぬはずはない」

岡崎が強い口調で言った。

「まァいい」

平兵衛は、無駄なやり取りだと思った。

「ところで、いま合田といっしょに道場を建てようとしている仲間は何人いるのだ」

平兵衛は尋問を本筋にもどした。

「四人だ」

「おまえと清水稲七郎、他のふたりは?」

「前川信介と峰岸武左衛門だ」

「うむ……」

平兵衛は前川と峰岸を知らなかった。ただ、右京と彦六を襲ったふたりのうちどちらかが、前川か峰岸だろうと思った。

「合田は、いまどこにいる」

平兵衛が声を強くして訊いた。

「そ、それは」

岡崎は顔をしかめて口ごもった。さすがに、師匠の立場の合田を裏切るようなことはしたくないのだろう。

「しゃべらねば、拷問のつづきをするだけだ」

平兵衛がそう言うと、岡崎は、

「峰岸の家にいっしょにいる。今戸町と聞いたが、場所は知らぬ」

と、苦しげな顔をして言った。

「清水は?」

「前川の長屋にいるはずだ」

「その長屋はどこにある」

「長者町だと聞いたが、おれは行ったことがない」

「そうか」

平兵衛は、それだけ分かれば四人の住処はつかめるだろうと思った。長屋であれ一軒家であれ武士がふたりで住んでいれば、付近の者の目にとまるはずだし、極楽屋に住む島蔵の手下を動員することもできるのだ。

平兵衛は口をつぐんだまま虚空に目をとめていた。孫八が岡崎を後手に縛ってある細引を解いた。

「おれの用は済んだようだな。行くぞ……」

岡崎がそう言い残し、傷付いた足を引きずるようにして通りの方へ歩きだした。

それを見た孫八がふところから匕首を抜き、

「旦那、やつはあっしが」

と小声で言って、平兵衛を見た。

平兵衛は、無言でちいさくうなずいた。

すぐに、孫八が岡崎の後を追い、背後に身を寄せると、匕首で脇腹を突き刺した。

岡崎は叫び声を上げてのけ反り、脇腹を押さえてよろよろと歩いたが、叢に足をとられて前につんのめるように転倒した。岡崎がなおも起き上がって通りの方へ逃れようとするところへ、孫八が近寄り背後から岡崎の盆の窪に匕首を突き刺した。

岡崎は喉のつまったような呻き声を洩らしてつっ伏し、そのまま動かなくなった。絶命したようである。

「旦那、仕留めやしたぜ」

孫八の顔が、返り血を浴びてどす黒く染まっていた。目だけが白く浮き上がったように見えている。いつもの孫八のおだやかな顔ではない。猛獣のような猛々しい雰囲気がただよっている。

「しばらく、岡崎の死体は隠しておきたい」

合田や清水たちに、岡崎が拷問されたことを知られたくなかった。

平兵衛と孫八は岡崎の死体を笹の群生したなかに引きずり込み、さらに付近の丈の高い笹を切ってきて死体の上にかぶせた。

「こうしておけば、しばらく時が稼げる」

平兵衛は叢から出た。孫八も顔の血を手の甲でこすりながら跟いてきた。

4

三日後、妙光寺の境内に四人の男が集まっていた。平兵衛、右京、孫八、それに島蔵である。

「今戸町の仕舞屋にいるのが、合田と峰岸だな」

平兵衛が言った。

島蔵の話によると、平兵衛と孫八が岡崎を仕留めた翌日、数人の手下を今戸町と長者町にやり、合田たちと清水たちの隠れ家を見つけだしたという。もっとも、難しい探索ではなかった。

岡崎は清水たちの住処を長屋と口にした。一方、合田たちの住処は家と言ったのである。それで、長者町は長屋にしぼり、今戸町は仕舞屋や借家など一軒家に目を付けて聞き込んだのである。

そして、今戸町へ行った手下が、峰岸の住居と数日前に肩に怪我をしたことを聞き込んできた。そのことから、右京と彦六を襲ったふたりが、合田と峰岸であることが分かった。そして、峰岸の肩の怪我から彦六を斬ったのは峰岸で、右京とやり合ったのが合田であることもはっきりした。

清水と前川の住処も分かった。長者町へ出向いた島蔵の手下の嘉吉が久兵衛店《きゅうべえだな》という棟割長屋にそれらしいふたりがいると聞き込んできたのである。

「どうする?」

島蔵が三人の男に目をやりながら訊いた。

「すぐに、仕掛けた方がいい」

平兵衛が言った。

合田たちが岡崎の死体を見れば、拷問されたことを察知するだろう。そうなれば、また隠れ家を変える恐れがあった。

「だが、四人とも手練だ。一気に、片付けるわけにはいかないな」

合田たち四人と勝負できるのは、平兵衛と右京だけであろう。四人が相手では平兵衛たちが不利である。

「まず、清水と前川を殺ったらどうだ」

島蔵が言うと、

「清水はおれが斬る。やつの殺し料をもらっているのは、おれだからな」

と、右京が低い声で言った。

「それで、勝てるのか」

平兵衛が訊いた。右京が清水の霞落しを破るために苦しんでいたことは、平兵衛も自分のことのように知っていたのだ。

「やってみねば分からぬ」

右京が虚空を見すえて言った。

平兵衛たち四人は口をつぐみ、いっときけわしい顔で立っていたが、

「いつ、仕掛ける」

と、島蔵が訊いた。

「今夜がいいだろう」

平兵衛が上空を見上げて言った。晴天で、風がある。夜の斬り合いには月明りが必要だったし、風は立ち合いの音を消してくれる。

「だれとだれが行く」

島蔵が訊いた。相手は清水と前川である。右京だけでは、心許無いと思ったのであろう。

「わしも行こう」

平兵衛は前川を斬るつもりだった。

「あっしも行きやすぜ」

孫八が慌てて言った。

「そういうことなら、三人に頼もう。合田たちを皆殺しにしねえと、おれたちは枕を高くして眠れねえからな」

島蔵が牛のような大きな目をひからせて言った。


大川が波立っていた。強風がひゅうひゅうと川面を渡っている。無数の白い波頭が川下に向かって、押し寄せていく。

夜陰のなかで、川端に植えられた柳が蓬髪《ほうはつ》を振りまわすように揺れていた。汀《みぎわ》に打ち寄せる波の音が、地面を揺らすようにひびいている。

町木戸のしまる四ツ（午後十時）すこし前だった。平兵衛、右京、孫八の三人は、駒形町の大川端にいた。

暮れ六ツ（午後六時）を過ぎてから、前川と清水の隠れ家をつきとめた嘉吉を長者町へ走らせ、ふたりの住む久兵衛店に投げ文をさせた。それには、大事が出来《しゅったい》したので、即刻今戸町へ来るよう、合田の名で認《したた》めてあった。

平兵衛たちのいるのは長者町から今戸町までの通り道だった。そこで、清水と前川が来るのを待っていたのである。

「旦那、酒を用意しやしたぜ」

孫八が貧乏徳利を平兵衛の前に差し出した。

「もらおう」

小半刻（三十分）ほど前から、平兵衛の手が震えていた。殺しを意識し、体が昂《たかぶ》っているのである。前川はそれほどの強敵とは思っていなかった。ただ、清水がいっしょにいることが、真剣勝負の恐怖と興奮を増幅させていたのだ。

平兵衛は栓を抜いて一気に三合ほど飲み、一息ついてから、また二合ほど飲んだ。いっときすると、酒気が体の隅々まで行き渡り、全身に気勢が満ちてきた。真剣勝負の恐怖や恐れが払拭され、闘気がみなぎってくる。

手をかざして見ると、震えがとまっている。

——後れをとるようなことはない。

と、平兵衛は思った。

そのとき、右京がこわばった顔で、

「安田さん、見てください」

と言って、平兵衛の顔の前に片手を差し出し、指をひらいた。

震えている！

平兵衛は目を剝いた。いまだかつて、殺しを仕掛ける前に右京の体が顫えることなどなかったのだ。

「どうしたのだ」

平兵衛が訊いた。

「わたしにも分かりません。清水との立ち合いを思い浮かべたとき、急に震えだしたのです」

右京が言った。顔がいくぶん蒼ざめている。

5

右京は自分の手がなぜ震えだしたか分かっていた。

まゆみである。清水の霞落しを脳裏に描いたとき、ふいにまゆみの顔が思い浮かんだのだ。すると、急に胸がつまり、体から血の気が引いたような感覚にとらわれた。そして、体が震えだしたのだ。

恐怖だった。右京の胸に、清水との立ち合いを前にして恐怖が衝《つ》き上げてきたのだ。なぜ、恐怖が生じたのか。それは、死を恐れる気持ちが生じたからである。

いままで、右京はどんな強敵と対峙しても恐怖を感じなかった。それは、生きたいという気持ちがなく死人と同じだったからである。

ところがいま、まゆみのことを思い浮かべたことで、生きたいという気持ちが生じ、同時に恐怖が右京をとらえたのだ。

「飲んでみるか」

平兵衛が貧乏徳利を差し出した。

「いえ、わたしが飲んでも、足元がふらつくだけですよ」

右京は苦笑いを浮かべて言った。

震えは恐怖であると同時に、強敵に立ち向かう前の武者震いでもあった。剣客として生きる以上、強敵との闘いを逃れることはできない。

右京は、ここで斬られるなら、それも己の運命《さだめ》なのだ、と自分の胸に言い聞かせた。

「来やしたぜ」

孫八が声を殺して言った。

通りの先に人影が見えた。ふたり。ひとりは巨軀だった。清水であろう。もうひとりは中背。その体軀に見覚えはなかったが、前川であろう。ふたりは足早にこちらに向かってくる。

右京が袴の股立を取り、羽織を脱いで道端に置いた。すでに、両袖を襷《たすき》でしぼってある。一方、平兵衛は筒袖にかるさんだったので、貧乏徳利の酒を口にふくんで刀の柄に吹きかけただけである。

「行くぞ」

平兵衛と右京がゆっくりとした足取りで通りのなかほどに出た。孫八はその場から動かず、ふところの匕首を握りしめていた。ふたりに何かあれば、飛び出していくつもりである。

前方のふたりが、平兵衛たちを目にしたらしく、ふいに足をとめた。だが、逃げる気はないようだった。ゆっくりとした足取りで近寄ってきた。ふたり対ふたり。この場で闘う気になったようである。

「あらわれおったな」

巨軀の清水が、口元に嗤いを浮かべて言った。

頤《おとがい》の張った赭黒《あかぐろ》い顔、濃い眉、するどい眼光。平兵衛と右京を前にしても、臆した様子は微塵もなかった。

その清水の脇に立ってる男は中背で痩身だったが、首が太く胸が厚かった。武芸の修行を積んだ者の体であることは、すぐに見てとれた。この男にも、臆した様子はなかった。一刀流の遣い手なのであろう。

「清水、おぬしの相手はおれだ」

右京が清水と対峙した。

「よかろう。ところで、うぬの名は」

清水が誰何した。

「片桐右京」

右京が名乗った。殺し人としてではなく、剣客として立ち合いたい気があるからであろう。

「霞落し、受けてみよ」

清水は抜刀すると、左足を引いて上段に構え、切っ先を右京の目線につけるように刀身を水平に倒した。上段霞の構えである。

対する右京は青眼だった。ふたりの間合は三間余。まだ、斬撃の間からは遠い。

一方、平兵衛は右京たちからすこし離れて痩身の男と対峙した。

「おぬしの名は」

平兵衛が訊いた。前川か、どうか確認したのだ。

「前川信介。うぬの名は」

「平兵衛とだけ名乗っておこう」

言いざま、平兵衛は抜刀した。

「年寄りだとて、容赦はせぬぞ」

前川も抜いた。その顔に余裕の表情があった。平兵衛を老爺と見て、侮《あなど》ったのであろう。

平兵衛と前川の間合はおよそ四間。前川がゆっくりとした動きで、青眼に構えた。両拳をやや前に出し、切っ先は敵の目線につけている。腰が据わり、隙がない。一刀流の青眼の構えである。

「まいるぞ」

平兵衛は刀身を左肩に担ぐように逆八相に構えた。虎の爪の構えである。

前川の顔に驚きの色が浮いた。平兵衛の構えが特異だったからであろう。だが、前川はすぐに表情を消した。そして、切っ先をやや下げて平兵衛の喉元につけ、全身に気勢を込めた。

平兵衛は前川の正面に一気に身を寄せた。疾走といっていい迅さである。その果敢な攻撃に気圧されたのか、前川の切っ先が戸惑うように揺れた。

イヤァッ！

するどい気合を発し、平兵衛が斬撃の間に踏み込んだ。

刹那、前川が短い気合を発し、平兵衛の面へ斬り込んできた。

すかさず、平兵衛は逆八相から刀身を撥ね上げ、前川の刀身をはじいた。甲高い金属音とともに前川の刀身が撥ね上がり、体勢がくずれた。

次の瞬間、刃光が閃いた。

平兵衛の稲妻のような斬撃が袈裟に斬り落とされたのだ。前川の右肩から入った刀身は、鎖骨と肋骨を截断して左脇腹へ抜けた。

ざっくりと胸部が裂け、血飛沫《ちしぶき》が噴いた。前川は上体を折るようにしてその場に倒れた。悲鳴も呻き声も聞こえなかった。四肢が痙攣《けいれん》し、胸部から流れ落ちる血の音が聞こえるだけである。

ひらいた肉の間から截断された鎖骨や肋骨が覗き、それが猛獣の爪のように見えた。平兵衛の必殺剣を虎の爪と呼ぶ所以《ゆえん》である。

平兵衛は肩を上下させて大きく息を吐き、乱れた呼吸をととのえると、右京の方に目を転じた。

6

右京と清水は対峙していた。

右京は青眼、清水は上段霞である。ふたりの間合はおよそ三間。清水が足裏をするようにしてすこしずつ間合をつめてくる。

右京の目線につけられた切っ先には、そのまま突いてくるような威圧があった。清水の巨軀がさらに大きくなったように見え、右京は巨岩で押してくるような圧力を感じた。

だが、引かなかった。青眼に構えたまま気を鎮めていた。右京は清水が斬撃のために気を動かした一瞬をとらえようとしていたのだ。

右京は平兵衛の虎の爪と対したとき、清水の霞落しを破るのは、受けもかわしもせず、敵の斬撃の起こりをとらえるしかないと気付いた。しかも、上段からの神速の太刀を防ぐには、斬撃の起こりをとらえるのでは遅く、気が動いた一瞬をとらえねば駄目なのである。

ジリジリと清水が身を寄せてくる。右京は気を鎮めたまま清水を遠山《えんざん》の目付《めつけ》（遠い山を眺めるように敵の体全体を見る）で見ていた。

清水の右の爪先が一足一刀の間境の手前でとまった。ここが、上段霞から斬り下ろす清水の斬撃の間である。

数瞬が過ぎた。ふいに、清水の右の趾《あしゆび》が這うように動いた。

刹那、清水の全身に斬撃の気が疾《はし》った。

タッ！

短い気合とともに、右京の体が躍動した。

間髪を入れず、清水の巨軀が躍《おど》る。

月下に、二筋の刃光が閃いた。

右京は右に跳びながら、刀身を横に払った。

間一髪、清水の刀身が刃唸りをたてて振り下ろされ、右京の左の肩先をかすめて流れた。

ふたりは交差し、大きく間を取って、反転し、ふたたび切っ先を向け合った。

清水の左の肩先の着物が裂けている。肌にかすかに血の色があった。だが、かすり傷である。

「なかなかやるではないか」

清水の顔に驚きの色が浮いた。右京の反応の迅さに驚いたらしい。赭黒い顔がさらに赤みを帯び、双眸が燃えるようにひかっている。気が昂り、闘気が全身にみなぎっている。獰猛《どうもう》な巨熊のような猛々しさがあった。

右京はふたたび青眼に構えた。

――霞落しを見切れた。

と、右京は感じた。

一瞬だが、右京の斬撃の方が迅かったのである。

「次は、そうはいかぬぞ」

言いざま、清水がふたたび上段霞に構えた。

全身に気勢が満ち、巨軀が膨れ上がったように見えた。清水は足裏をするようにして間合をつめてきた。切っ先が槍の穂先のようにひかっている。凄まじい威圧である。

右京は気を鎮めて威圧に耐えた。

清水がジリジリと身を寄せてくる。間がつまるにしたがって、痺《しび》れるような剣気が右京をつつんだ。右京は時のとまったような感覚にとらわれた。音も大気の感触も、夜陰すら感じなかった。右京がとらえているのは、目の前に迫ってくる清水の巨軀だけである。

フッ、と清水の巨軀が静止した。

刹那、清水の巨軀から稲妻のような剣気が疾った。

タアッ！

鋭い気合を発し、右京が斬り込んだ。

ほぼ同時に、清水の霞落しが振り下ろされた。凄まじい斬撃が右京の頭上を襲う。

右手に跳びざま放った右京の切っ先が、突き込むように清水の胸部に伸びる。

右京の着物の左肩先が裂けた。右手に跳んだが、かわしきれず清水の切っ先に肩先を斬られたのだ。

一方、右京の切っ先は清水の肩先の肉を深くえぐっていた。

ふたりは大きく間合を取って反転し、ふたたび構えあった。

ふいに、清水の顔がゆがんだ。青眼に構えた切っ先が、笑うように揺れている。肩先を深くえぐられ、構えがさだまらないのだ。見る間に、清水の左の肩先から二の腕にかけて着物が蘇芳色《すおういろ》に染まっていく。

一方、右京の傷は浅かった。わずかに皮肉を裂かれただけである。

「お、おのれ！」

清水が怒声を上げた。

すぐに、青眼から刀身を振り上げ、上段霞に取った。だが、右京の目線につけられるはずの切っ先が揺れている。

清水は憤怒の形相で、ぐいぐいと間合をつめてきた。気攻めも、敵との間積もりの読みもなかった。強引に勝負を決しようとしているのだ。

右京は青眼に構え、清水が斬撃の間に踏み込むのを待った。

清水が一気に斬撃の間境を越えた。

イヤアッ！

獣の咆哮のような気合を上げ、清水が上段霞から刀身を回転させて斬り込んできた。だが、霞落しほどの剛剣ではなかった。迅さもない。

右京は右手に跳びざま、刀身を横に払った。

次の瞬間、清水の首がかしぎ、首筋から血が驟雨《しゅうう》のように噴出した。右京の切っ先が清水の首筋をとらえたのである。

清水は血を撒きながら、たたらを踏むように泳いだ。川岸まで行き、がっくりと膝を折ると前につっ伏した。いっとき丸くなった背が上下していたが、それも動かなくなった。息絶えたようである。

「片桐さん、霞落しを破ったな」

平兵衛が近付いてきて声をかけた。安堵《あんど》の色がある。

「ええ……」

右京はすこし蒼ざめた顔でうなずいた。

「あと、ふたりだ」

平兵衛がつぶやくような声で言った。まだ、合田と峰岸が残っている。

そこへ、孫八が駆け寄ってきた。

「ふたりとも、強えや」

孫八が、倒れている清水と前川に目をやりながら驚きの声を上げた。

第六章　虎の爪

1

駒形堂の脇に桟橋があった。大川にかかる桟橋で、数艘の猪牙舟《ちょき》が舫《もや》ってある。いま、商家の旦那ふうの男が、船頭にうながされて舟に乗り込むところだった。

この桟橋から、舟で吉原《よしわら》に行く客が多い。大川を溯《さかのぼ》り、山谷《さんや》堀をたどって吉原へむかうのである。おそらく旦那ふうの男も、これから吉原へ登楼するつもりなのだろう。

暮れ六ツ（午後六時）前だった。駒形堂界隈は浅草寺への参詣客や吉原へむかう客などで賑わっていた。

駒形堂をかこった石垣のそばに、平兵衛と右京が立っていた。平兵衛はいつもの紺の筒袖にかるさん、腰に来国光を差していた。右京は御家人ふうの羽織袴姿で二刀を帯びている。

平兵衛たちが清水と前川を斬った翌日である。

昨夜、右京が清水を斃した後、平兵衛たちは清水と前川の死体を大川に投じた。ふたりが始末されたことを、合田と峰岸に隠すためである。

「明日にも、合田と峰岸を始末しよう」

平兵衛が、大川の水面に沈んでいく清水の死体を見ながら言った。平兵衛は死体を始末しても、合田たちは、すぐに清水たちが殺されたことを察知するだろうと思った。合田たちに気付かれる前に、決着をつけたかったのである。

「それがいい」

右京と孫八も同意した。

三人は清水たちの死体が川面から消えたのを見てから、その場を離れた。

そして今日、平兵衛は陽が西にかたむいたころ庄助長屋を出て、右京たちと約束しておいた駒形堂で落ち合ったのである。

「そろそろ、孫八が来るころだな」

平兵衛が桟橋のそばを行き来する通行人に目をやりながら言った。

一刻（二時間）ほど前、この場所で平兵衛、右京、孫八の三人が顔を合わせたとき、孫八が、あっしが、合田たちの様子を見てきやす、と言って、ひとりで今戸町へむかったのだ。孫八は、島蔵の手先から合田と峰岸の住む仕舞屋の場所を聞いていた。

「片桐さん、肩の傷は？」

平兵衛が訊いた。右京は清水との斬り合いで、左の肩先を負傷していた。

「かすり傷です」

右京は左手をまわして見せた。

どうやら、これからの闘いにも支障はなさそうだった。

やや間があって、平兵衛が、

「合田は、わしが斬らせてもらう」

と、小声で言った。ただ、声に重いひびきがあり、平兵衛の決意のほどが感じられた。

「わたしは、峰岸を斬りますよ」

右京は、彦六の敵《かたき》ですから、とつぶやくような声で言い添えた。右京は、いっしょに闘った彦六の敵を討ちたいようだ。

「片桐さん、見てくれ」

平兵衛が右京の前に右手を差し出した。

いつになく、激しく震えている。

右京は平兵衛の震える手を見て困惑したような顔をしたが、何も言わなかった。右京も斬り合いの前に平兵衛の手が震え出すことは知っていたが、いつもより震えが激しいようである。

「合田が遣い手であることを、わしの体が知っておるのだ」

平兵衛が苦笑いを浮かべた。

「安田さんは不思議な人だ」

右京が口元に微笑を浮かべて言った。

「何が不思議なのだ」

「それほど震えているのに、酒を飲むと鬼のようになる」

「臆病なだけだ。……斬り合いが怖いんだよ。この歳になりながら、酒でごまかさねば、刀もふるえんのだ」

「そうですかね」

平兵衛が自嘲するように言った。

「他に、何かあるのか」

「わたしは、虎の爪を遣うためだと思ってるんです」

右京の説はこうである。虎の爪は一気に敵に迫り剛剣をくりだすため、迅速な動きと強靭《きょうじん》な体が必要になる。その迅さと体力を生み出すため、酒気が血をたぎらせ、体を熱くするのではないかというのだ。

「いずれにしろ、酒の力を借りねば、まともに刀もふるえんわけだ」

そう言って、平兵衛は話を打ち切った。

それから、小半刻（三十分）ほどして、孫八がもどってきた。貧乏徳利をぶら下げている。平兵衛のために酒を用意してくれたようだ。

いつの間にか陽が沈み、駒形堂周辺は暮色に染まっている。参詣客や遊客の姿がまばらになり、桟橋の上にも人影がなくなった。

「いやしたぜ、合田と峰岸が」

孫八が、ふたりのそばに来て言った。

「ふたりだけか」

平兵衛が訊いた。他の門人でも居合わせると面倒だ、と思ったのである。

「へい」

孫八がうなずいた。

「行こうか」

平兵衛が頭上の空を見上げて言った。

西の空に茜色の残照があった。上空も青さが残っている。灯明がなくとも、十分斬り合いのできる明るさである。

「旦那、その前に、こいつをやってくだせえ」

孫八が眉宇を寄せて貧乏徳利を差し出した。

平兵衛の体が、いつもより激しく顫《ふる》えているのを目にしたのだ。

「そうだったな」

平兵衛は貧乏徳利の栓を抜くと、喉を鳴らし一気に五合ほども飲んだ。そして、濡れた唇を手でぬぐい、ひとつ大きく息を吐いた。

平兵衛の体に酒気がめぐり始めた。萎れた草が水を得たように、平兵衛の全身に気勢がみなぎり、何者も恐れぬ豪胆さが肚《はら》に満ちてきた。

平兵衛は己の両手をひらいて見た。震えはとまっている。

「合田を斬れそうな気がしてきたよ」

そうつぶやくと、平兵衛は先に立って歩きだした。

2

大川端の閑静な地だった。近くに商店や長屋はなく、川岸に沿って雑木林や雑草の繁茂した空地などがつづいている。そうしたなかに、生け垣や黒板塀をめぐらせた富商の寮や大身の旗本の別邸らしき家が建っていた。

「旦那、この先で」

孫八が櫟《くぬぎ》や栗などの疎林の前で足をとめた。すぐ前に小径《こみち》があり、疎林を抜けた先に板塀にかこまれた古い家屋があった。いかにも、妾宅といった感じのこぢんまりとした家である。

「ここなら、邪魔されずにすみそうだ」

平兵衛は家の周囲に目をやった。

辺りに人影はない。家の正面が大川だった。林の先に、残照を映した川面が見える。左手に数寄屋造りの別邸らしき屋敷があったが、かなり離れている。右手は雑草の生い茂った空地だった。

「行くぞ」

平兵衛たち三人は、足音を忍ばせて板塀に近付いた。

板塀に身を寄せて耳を立てると、話し声が聞こえてきた。男の声である。武士らしい物言いだった。合田と峰岸であろう。

「家には踏み込めぬぞ」

狭い家のなかに踏み込んでやり合うのは危険である。自在に刀をふるえないだけでなく、障子や戸の陰から刀で突かれる恐れがあるのだ。

平兵衛は板塀沿いに家の表へまわってみた。庭があった。狭いが、斬り合うだけの広さはある。

「あそこから庭に入ろう」

平兵衛が枝折り戸を指差した。

大川の岸辺へ出るためであろう。板塀にちいさな枝折り戸がついていたのだ。

三人は、枝折り戸から庭に入った。合田たちのいる家は、すぐ目の前である。庭に面して縁側があり、つづいて障子になっていた。話し声は、その障子のむこうから聞こえてくる。

「合田たちを、呼び出すぞ」

平兵衛が声を殺して言うと、右京がうなずいた。

このとき、孫八は庭の隅に身を引いていた。この場は平兵衛と右京にまかせようと思ったらしい。

「合田七岑、姿を見せろ！」

平兵衛が声を上げた。

一瞬、障子の向こうの話し声がやんだ。外の様子をうかがっている気配がする。

ふいに、障子があいた。薄闇のなかに大刀を手にした中背の男が姿をあらわした。胸が厚く、腰がどっしりしている。

——やはり、こやつが合田か。

平兵衛は、その体軀に見覚えがあった。昌平坂学問所のそばで平兵衛たちを襲った男である。また、極楽屋からの帰りに尾けてきたのもこの男だった。

まともに顔を見るのは初めてだった。面長で高い鼻梁《びりょう》、猛禽《もうきん》のような鋭い双眸をしている。剣客らしい剽悍な面構《つらがま》えである。

合田につづいて、長身の男が姿を見せた。峰岸であろう。

「これで、三度目だな」

合田が平兵衛を見すえて言った。

「合田、決着をつけようぞ」

「望むところ」

合田は縁側に出ると、大刀を腰に差し素早く袴の股立を取った。

平兵衛は後じさって、庭先をあけた。合田と対峙するためである。合田はゆっくりと縁側から庭先に下りた。

ふたりの間合はおよそ四間。平兵衛は来国光を抜き放った。

一方、峰岸は縁先から庭先に飛び下りると、素早く右京の前にまわり込んで抜刀した。左肩の辺りがすこし膨らんでいた。傷口に晒《さらし》でも巻いているのだろう。ただ、刀をふるうのに支障はなさそうだった。

「おぬしに斬られた彦六の敵」

右京が言った。静かな声だが、重いひびきがあった。刺すような目で、峰岸を見すえている。

「おのれ！　返り討ちにしてくれるわ」

峰岸が昂った声で言った。顔が高揚と怒りで、赭黒く染まっている。

すぐに、峰岸が上段に構えた。刀身を立てた一刀流の右諸手《もろて》上段である。対する右京は青眼である。

両者の間合はおよそ三間。峰岸の方から間合をつめ始めた。斬撃の気配を見せながら身を寄せてくるが、それほどの威圧はなかった。ただ、長身とあいまって構えは大きく、遠間からも仕掛けてきそうだった。

右京は動かなかった。気を鎮めて、峰岸が斬撃の間に踏み込むのを待っている。

ジリジリと峰岸が間合をつめてきた。しだいに気勢が満ち、全身からするどい剣気を放っている。峰岸も一刀流の手練なのである。

斬撃の間境の手前で、峰岸の寄り身がとまった。

刹那、上段に上げた左の拳がかすかに下がり、斬撃の気が疾《はし》った。

イヤアッ！

峰岸の体が躍動し、閃光が弧をえがいた。

上段から右京の頭上へ。

スッ、と右京が身を引いた。峰岸の切っ先が右京の手元をかすめて流れた。

右京は一寸の差で見切ったのだ。

次の瞬間、右京の体が躍り、切っ先が槍穂のように前に伸びた。

突きだった。迅雷の突きが、振り下ろした峰岸の右手をとらえた。甲を突き刺したのである。

苦痛に顔をしかめて峰岸が後じさった。青眼に構えていたが、剣尖が落ち、腰も引けている。

すかさず、右京がすり足で峰岸との間をつめた。素早い寄り身である。

数間後じさったとき、峰岸の腰がつつじの植え込みに触れた。これ以上は下がれない。

ふいに、峰岸が目をつり上げ、甲走った声を上げて右京の真っ向へ斬り込んできた。捨て身の斬撃だが、威力はなかった。

右京は右手に踏み込んで峰岸の斬撃をかわしざま、横一文字に刀身を薙いだ。払い胴である。

ドスッという重い音がし、峰岸の上半身が折れたように前にかしいだ。右京の一撃が腹を両断するほど深くえぐったのだ。

峰岸はそのまま前にくずれるように両膝をつき、左手で腹を押さえてうずくまった。肩先が震え、低い呻《うめ》き声が洩れた。

右京は峰岸の背後に身を寄せて脇に立つと、刀を振り上げて一閃させた。

にぶい骨音がし、峰岸の首がガックリと前に落ちた。次の瞬間、峰岸の首根から赤い帯のように血が奔騰《ほんとう》した。

やがて、血は首根から滴り落ちるだけになり、峰岸は石のように固まったまま動かなくなった。

右京は血塗れた刀身をひっ提《さ》げたまま峰岸の脇に立っていた。その白皙《はくせき》を哀惜の翳《かげ》がおおっている。

3

平兵衛は、まだ逆八相に構えていなかった。青眼に構えたまま合田との間の地面に目をやった。足場を確認したのである。一気に疾走して間をつめるため、ちいさな障害物でも思わぬ不覚をとることがあるのだ。

合田は右諸手上段に構えていた。切っ先で天を突くように刀身を立てている。大樹のような大きな構えである。全身から痺れるような剣気を放射し、足裏をするようにしてジリジリと間合をせばめてくる。

——やつは、真っ向へくる。

と、平兵衛は読んだ。

平兵衛が逆八相に構えて一気に斬撃の間に迫れば、合田は引かず、上段から真っ向に斬り込んでくるはずだった。

——その斬撃を、逆八相からはじき上げるのだ。

そこまで、平兵衛は読めていた。

勝負は二の太刀ということになる。平兵衛の虎の爪と合田の上段、二の太刀が迅い方が勝つだろう。

「まいるぞ」

言いざま、平兵衛は逆八相に構えた。

合田に驚きの色はなかった。すでに、平兵衛の虎の爪と対戦しているので、逆八相の構えから一気に間をつめていくことは予想しているだろう。

合田が寄り足をとめた。上段に構えた両手をわずかに前に出し、刀身をすこし倒した。そのまま斬り下ろす体勢を取ったのである。

イヤァッ！

裂帛の気合を発し、平兵衛が一気に身を寄せた。迅い！　疾走といってよかった。

合田の腰がわずかに浮いた。予想はしていても、平兵衛の凄まじい気魄に気圧《けお》されたのである。

平兵衛が斬撃の間境に迫った刹那、合田が鋭い気合を発して上段から斬り下ろした。大気を裂く刃唸りが聞こえた。

間髪を入れず、平兵衛が逆袈裟から刀身をはじき上げる。

キーン、という甲高い音がひびき、青火が散ってふたりの刀身が跳ね返った。

剛剣と剛剣。刀身が激しくはじき合った瞬間、ふたりの体勢もくずれた。だが、両者はすぐに体勢をたてなおし、二の太刀をふるった。

平兵衛が袈裟に。虎の爪の太刀である。

一方、合田は脇へ飛びながら刀身を横に払った。平兵衛の袈裟斬りの太刀を読んだ動きである。

平兵衛の切っ先は空を切り、合田のそれは平兵衛の左の肩先をとらえた。

平兵衛の着物の肩口が裂け、肌に血の線がはしった。

ふたりは大きく間合を取って、ふたたび右諸手上段と逆八相に構え合った。

平兵衛の肩口が血に染まっている。だが、深手ではない。刀をふるうのに支障はなかった。

「安田さん、助勢を!」

すでに峰岸を斃した右京が駆け寄ってきた。平兵衛が危ういとみたようだ。

「片桐、寄るな! ここは、わしと合田の勝負だ」

平兵衛が叫んだ。

平兵衛の顔が怒張したように膨れ、赭黒く染まっていた。切歯《せっし》し、目をつり上げている。まさに、鬼のような形相《ぎょうそう》である。

平兵衛は左肩に担ぐように構えていた刀身をすこし立てた。初手の攻防で、強い斬撃より迅さが勝負を決すると読んだのである。

「まいる！」

ふたたび、平兵衛は疾走した。

逆八相に構えたまま一気に斬撃の間境に迫る。

タアッ！

鋭い気合を発し、合田が上段から斬り下ろした。

ほぼ同時に、平兵衛は刀身を立てた逆八相から斜に斬り込んだ。

ふたりの刀身ははじき合わなかった。お互いの眼前で斜に鎬《しのぎ》が合致し、鍔迫り合いになったのである。

が、一瞬だった。

間髪を入れず、平兵衛は相手の刀身を押して背後に跳んだ。しかも、その瞬間、刀身を合田の手元に斬り落としたのだ。一瞬の斬撃である。

合田が喉のつまったような呻き声を上げた。右の前腕から血が流れ落ちている。平兵衛の切っ先が、深く肉をえぐったのだ。合田の刀身が笑うように震えている。合田の顔がひき攣《つ》った。憤怒と恐怖であろう。

それで、平兵衛の動きはとまらなかった。すばやい体捌《さば》きで逆八相に構えると、一気に合田の正面に迫った。

合田は咄嗟に上段に振りかぶろうとしたが、刀身が上がらなかった。平兵衛の鬼のような形相と気魄に気圧されたのか、それとも前腕の傷で、右手が自在に動かなくなったのか。おそらく、両方だったのだろう。

合田は恐怖に顔をゆがめながら後じさった。

平兵衛は一気に斬撃の間に踏み込んだ。

合田がさらに下がった。腰が浮いて背が伸びている。平兵衛はするどい気合を発し、踏み込みざま刀身を返して袈裟に斬り込んだ。

渾身の一刀だった。

咄嗟に、合田が平兵衛の斬撃をはじこうとして刀身を振り上げたが、平兵衛の一撃は合田の刀身ごと斬り下げ、左の肩口から深く胸部まで食い込んだ。脇腹まで截断できなかったのは、合田の振り上げた刀身が平兵衛の斬撃をいくぶん弱めたからであろう。

一瞬、合田が動きをとめてつっ立った。

平兵衛が食い込んだ刀身を引き抜くと、胸部から驟雨《しゅうう》のように血飛沫《しぶき》が噴出した。合田はたたらを踏むようによろめき、腰からくずれるように転倒した。ざっくりと柘榴《ざくろ》のように割れた傷口から、截断された鎖骨と肋骨が猛獣の爪のように覗いている。

平兵衛は倒れた合田のそばに立ち、ハア、ハアと荒い息を吐いた。一息ごとに胸の動悸が収まり、平兵衛の顔を赤黒く染めていた血が引いていった。鬼のような形相が、いつものおだやかな顔にもどっていく。

「旦那ァ……」

孫八が駆け寄ってきた。右京もすぐに歩を寄せてきた。

「安田さん、肩の怪我は」

右京が眉宇を寄せて訊いた。

平兵衛の肩口から二の腕にかけて着物が真っ赤に染まっていた。骨や筋に異常はないが、出血は多いようだ。

「大事ない」

平兵衛はそう言ったが、顔がゆがんだ。あらためて、痛みを感じたのだ。

「旦那、屈《かが》んでくだせえ」

孫八がふところから手ぬぐいを取り出した。傷口を縛るつもりらしい。

平兵衛が屈むと、孫八は匕首を取り出して平兵衛の着物を肩口から裂いた。横に裂けた傷口から盛んに血が流れ出ている。

孫八はいったんその場を離れ貧乏徳利を手にしてもどると、傷口を酒で洗い流し、手早く傷口を手ぬぐいで縛った。見る間に手ぬぐいが赤く染まってくる。

「まァ、大事あるまい」

出血こそ多いが、命にかかわるような傷ではなかった。

「終わったな」

平兵衛は立ち上がって、倒れている合田と峰岸に目をやった。忍び寄った夜陰がふたりの死骸をつつんでいる。夜気のなかにかすかに血の臭いがあった。

見ると、庭先の植木のむこうに大川の川面がひろがっていた。月光を映して、白銀の粉をまぶしたようにひかっている。

4

平兵衛は水を流す音で目を覚ました。流し場で、まゆみが洗い物をしているらしい。戸口に目をやると、腰高障子は明るかった。七ツ（午後四時）ごろではあるまいか。

平兵衛は腹の上にかけていた掻巻《かいまき》を脇に置いて身を起こした。平兵衛は昼めしの後、横になって昼寝をしていたのだ。一刻（二時間）ほど、と思って横になったのだが、長く眠ってしまったようである。

――そろそろ、仕事を始めるか。

平兵衛は大口をあけて欠伸をすると、仕事場をかこった屏風を動かした。

平兵衛が右京と合田たちを斃して、五日経っていた。まだ、肩口に疼痛があったが、血はとまっている。

まゆみは、平兵衛の傷を見て驚き、近くの町医者を呼ぶと言い出したが、

「まゆみ、こんなかすり傷で医者を呼ぶ者はいないぞ」

平兵衛が笑いながら言うと、まゆみはいくらか安心したらしく、医者のことは口にしなくなった。そして、動揺が収まると、今度はどうしたのかと問い質《ただ》した。

「よせばいいのに、喧嘩をとめようとして仲裁に入ってな。このざまだ」

平兵衛は、右京もいっしょだったから訊くといい、と言ってうまくごまかした。

その後、まゆみは傷が治るまでは、長屋で養生するように言い、平兵衛に研ぎ師の仕事もさせなかったし、外へ出ることも嫌がった。

当初、平兵衛はまゆみの言うとおり、長屋でおとなしくしていたが、体が丈夫なだけに出血がとまると、退屈でしかたがなかった。

この日も昼寝の後で、研ぎの仕事にとりかかろうと思っていたのだ。

「父上、まだ仕事はだめですよ」

まゆみが流し場から声をかけた。平兵衛が屛風を動かした音を耳にしたらしい。

「もう大丈夫だ。ほれ、このとおり」

平兵衛は両腕を突き上げて見せた。

「でも、傷口がひらいたら」

まゆみは濡れた手を前垂れで拭きながら、座敷へ上がってきた。

「もう五日も寝ておる。そのうち、研ぎ方も忘れてしまうわ」

「でも……」

まゆみは、眉根を寄せて戸惑うような顔をした。まゆみにも、そろそろ研ぎの仕事なら大丈夫かもしれないという気持ちがあるようだ。

「さァ、暗くなるまで、一仕事だ」

そう言って、平兵衛が仕事場に入ろうとしたときだった。

戸口で足音がし、腰高障子に人影が映った。

「父上、だれか来たみたい」

まゆみが、不安そうな顔で平兵衛を見た。聞き慣れた長屋の者の足音ではなかったのだ。

「安田さん、おられますか」

戸口で右京の声がした。

「片桐さま……」

まゆみの顔に、ポッと朱が差した。

平兵衛はすぐに土間へ行き、右京に声をかけた。

「片桐さん、入ってくれ」

障子があき、右京が姿を見せた。羽織袴姿で二刀を帯びている。いつもの御家人のような格好である。

「近くを通りかかりましてね。しばらく、安田さんの顔を見ていないし……」

言いながら、右京はまゆみに目をやった。

右京の顔には哀愁と諦観の翳《かげ》があった。右京は己の胸の内にまゆみに対する恋情があることに気付いていた。同時に、その恋情を抑えねばならぬことも分かっていた。殺し人のままでまゆみに近付けば、雪江以上に不幸にするだけだろう。かといって、殺し人をやめることもできなかった。なまじ、武家に生まれ育ったために、町人のように商いをすることも体を使って働くこともできないのだ。

まゆみは右京の胸の内など知らないのだろう。平兵衛の後ろに座し、恥ずかしそうに肩をすぼめて膝先に視線を落としている。

「どうです、肩の傷は」

右京は平兵衛の肩先に目を移して訊いた。いつもの抑揚のない声である。

平兵衛は慌てた様子で、右京に目配せし、

「もう、治ったよ。まったく、やくざ者の喧嘩に割って入ったりして、馬鹿なことをしたよ。だが、片桐さんが怪我をしないですんでよかった。いや、まゆみも驚いてな。外へも出してくれんのだ」

と、一気にしゃべった。まゆみに手傷のことをどう話してあるか、右京にそれとなく伝えたのである。

「まったくです。余計なお節介は、怪我の元ですよ」

右京が分別臭い顔で言った。平兵衛のその後の状況を察したようである。

「ところで、片桐さん、久し振りに永山堂《えいさんどう》へでも行ってみますか」

平兵衛が言った。

永山堂は、日本橋にある刀屋である。平兵衛は永山堂からの依頼で刀を研ぐことがあり、まゆみも店の名は知っていた。右京は刀の蒐集家ということになっていて、これまでも右京と連れ立って長屋を出る口実に永山堂を使っていたのだ。

「いいですねえ」

右京は目を細めて言った。

まゆみは、視線を落としたままもじもじしている。

「まゆみ、聞いたとおりだ。夕餉までにはもどる」

そう言って、平兵衛は立ち上がった。研ぎの仕事ができないなら、気分転換にすこし歩いてみたいと思ったのである。

「まゆみどの」

右京が声をかけた。

「はい……」

まゆみが蚊の鳴くような声で返事して顔を上げた。

「父上をお借りします」

右京はまゆみと目を合わせて言った。その顔も声も、これまでの右京と変わらぬものだった。これ以上、まゆみに近寄らぬ、という気持ちのあらわれでもあった。

「どうぞ、お気をつけて……」

まゆみが顔を赤らめて言った。

右京はまゆみにちいさくうなずいて、きびすを返した。平兵衛と連れ立って外へ出ながら、胸の内で、己の心も殺さねば、殺し人はつづけられぬ、とつぶやいた。

平兵衛は口元に戸惑うような微笑を浮かべたが、何も言わず、右京と肩をならべて歩きだした。晩秋の陽射しが、ふたりの男の背をやわらかくつつむように照らしている。

一〇〇字書評

剣　　狼

切・り・取・り・線

購買動機（新聞、雑誌名を記入するか、あるいは○をつけてください）

□（　　　　　　　　）の広告を見て	
□（　　　　　　　　）の書評を見て	
□ 知人のすすめで	□ タイトルに惹かれて
□ カバーが良かったから	□ 内容が面白そうだから
□ 好きな作家だから	□ 好きな分野の本だから

・最近、最も感銘を受けた作品名をお書き下さい

・あなたのお好きな作家名をお書き下さい

・その他、ご要望がありましたらお書き下さい

住所	〒				
氏名		職業		年齢	
Eメール	※携帯には配信できません	新刊情報等のメール配信を 希望する・しない			

この本の感想を、編集部までお寄せいただけたらありがたく存じます。今後の企画の参考にさせていただきます。Eメールでも結構です。

いただいた「一〇〇字書評」は、新聞・雑誌等に紹介させていただくことがあります。その場合はお礼として特製図書カードを差し上げます。

前ページの原稿用紙に書評をお書きの上、切り取り、左記までお送り下さい。宛先の住所は不要です。

なお、ご記入いただいたお名前、ご住所等は、書評紹介の事前了解、謝礼のお届けのためだけに利用し、そのほかの目的のために利用することはありません。

〒一〇一‐八七〇一
祥伝社文庫編集長 坂口芳和
電話 〇三（三二六五）二〇八〇

祥伝社ホームページの「ブックレビュー」からも、書き込めます。
http://www.shodensha.co.jp/bookreview/

祥伝社文庫

剣狼《けんろう》 闇《やみ》の用心棒《ようじんぼう》

平成19年 2 月 20 日　初版第 1 刷発行
平成23年 7 月 10 日　第 4 刷発行

著　者　鳥羽《とば》 亮《りよう》

発行者　竹内和芳

発行所　祥伝社《しようでんしや》

東京都千代田区神田神保町 3-3
〒 101-8701
電話　03（3265）2081（販売部）
電話　03（3265）2080（編集部）
電話　03（3265）3622（業務部）
http://www.shodensha.co.jp/

印刷所　萩原印刷
製本所　関川製本

Printed in Japan ©2007, Ryō Toba ISBN978-4-396-33335-5 C0193

祥伝社文庫の好評既刊

鳥羽 亮
地獄の沙汰 闇の用心棒⑧
「地獄屋」の若い衆が斬殺された。元締めは平兵衛、右京、手甲鈎の朴念など全員を緊急招集するが…。

鳥羽 亮
血闘ヶ辻 闇の用心棒⑨
五年前に斬ったはずの男が生きていた⁉ 決着をつけねばならぬ「殺し人」籠手斬り陣内を前に、老刺客平兵衛が立つ！

鳥羽 亮
酔剣 闇の用心棒⑩
倅を殺され面子を潰された侠客一家が、用心棒・酔いどれ市兵衛を筆頭に「地獄屋」に襲撃をかける！

鳥羽 亮
新装版 鬼哭《きこく》の剣 介錯人《かいしやくにん》・野晒《のざらし》唐十郎①
首筋から噴出する血の音から名付けられた奥義「鬼哭の剣」。それを授かる唐十郎の、血臭漂う剣豪小説の真髄！

鳥羽 亮
新装版 妖《あやか》し陽炎《かげろう》の剣 介錯人・野晒唐十郎②
大塩平八郎の残党を名乗る盗賊団、その陰で連続する辻斬り…小宮山《こみやま》流居合の達人・唐十郎を狙う陽炎の剣。

鳥羽 亮
新装版 妖鬼飛蝶の剣 介錯人・野晒唐十郎③
小宮山流居合の奥義・鬼哭の剣を封じる妖剣〝飛蝶の剣〟現わる！ 野晒唐十郎に秘策はあるのか⁉

祥伝社文庫の好評既刊

鳥羽 亮
新装版 双蛇《そうじゃ》の剣
介錯人・野晒唐十郎④
鞭の如くしなり、蛇の如くからみつく邪剣が、唐十郎に襲いかかる！ 疾走感溢れる、これぞ痛快時代小説。

鳥羽 亮
新装版 雷神の剣
介錯人・野晒唐十郎⑤
かつてこれほどの剛剣があっただろうか？ 剣を断ち折って迫る「雷神の剣」に立ち向かう唐十郎！

鳥羽 亮
新装版 悲恋斬り
介錯人・野晒唐十郎⑥
女の執念、武士の意地……。兄の敵討ちを依頼してきた娘とその敵の因縁とは。武士の悲哀漂う、正統派剣豪小説。

鳥羽 亮
新装版 飛龍の剣
介錯人・野晒唐十郎⑦
道中で襲い来る馬庭念流、甲源一刀流、さらに謎の幻剣「飛龍の剣」が…危うし野晒唐十郎！

鳥羽 亮
新装版 妖剣おぼろ返し
介錯人・野晒唐十郎⑧
唐十郎に立ちはだかる居合術最強の敵。おぼろ返しに唐十郎の鬼哭の剣はどこまで通用するのか!?

鳥羽 亮
新装版 鬼哭《きこく》 霞飛燕《かすみひえん》
介錯人・野晒唐十郎⑨
同門で競い合った男が敵として帰ってきた。男の妹と恋仲であった唐十郎の胸中は——。